コラム＆エッセー

穴があったら入りたい

岸本隆三

海鳥社

装幀・挿画／迎　有里子

まえがき

２０１４年6月、スポーツ報知西部本社（本社・福岡市）を退職した。同社に在勤中、紙面改革の際、週1回の九州・山口のエリア版を創設した。その中に、コラム欄を設け、タイトルを「西風」とした。私は現場を離れていたが、記者もいそがしく、なかなか原稿が出てこないので、セッセと書き続けた。

スポーツ紙は、スポーツだけではなく、ギャンブル、レジャー、芸能、社会と、極端に言えば、楽しく、おもしろいものは何でもありだ。一般紙に比べ間口が広い。何でも書いた。そこはスポーツ紙だから当然、遊びやレジャーが多くなったものの、題材は多方面に及んだ。

読売新聞西部本社（本社・福岡市）時代は、入社のころはコラム欄も少なく、またあったとしても一般原稿もろくすっぽ書けない記者に書かせてくれるスペースはなかった。宮崎支局員だった１９９０年から編集局次長時代まで、宮崎版や夕刊にポツリポツリと書いた。それがスクラップで残っていた。

コラムは字数（行数）制限がある。伸縮自在にしてしまった「西風」でも、ある程度の制限があった。さらに、決して自己規制ではないが、その内容もボヤーッとした枠がある。いつも書き足りないと思っていた。

10年ほど前、社会部長の時、読売新聞西部本社の新人研修だったか、3年目研修だったか忘れたが、講師で1時間余話した。その中で、「仕事でも趣味でも長く続けることが大事だ。何十年も続けていたら一冊の本ができる」と願望に近いことを語った。すかさず後輩から「部長は本ができましたか」と質問された。「いや書いていないし、今のところ予定もない」。参りました。

そして退職。読売からスポーツ報知と、新聞記者、新聞社生活は40年に及んだ。終わってみると、なにほどでもなかったと思わないではない。それでも首にもならず、先輩、同僚、後輩から「ヘタだ」「分からない」と言われながら、原稿だけは書き続けてきた。その面ではラッキーであり、幸せだった。時間はたくさんあるので、新聞記者時代のコラムと、紙面ではなかなか書けなかったことをコラムに絡めたエッセーとしてまとめた。

40年の間には、傲岸不遜な振る舞いで、あるいは厚顔無恥で、さらに無知蒙昧で取材先や周りを怒らせ、傷つけたことは少なくはなかった。自分では気付かなかったこともあるはずだ。振り返ってみて「穴があったら入りたい」と赤面することが多い。

この本を手に取っていただいた人が、一つだけでもおもしろいところがあったと思っていただければ、大変うれしい。

岸本隆三

＊コラムの「ぷりずむ」「暖流」と評伝は読売新聞宮崎版、「ぺんライト」は同福岡版、「余響」は同夕刊（西部版）［Ⓒ２０１５読売新聞社］、「西風」と一般原稿はスポーツ報知（西部版）［Ⓒ２０１５スポーツ報知西部本社］に掲載。他については本文に明記した。原稿は原則掲載当時とし、署名は削り、数字表記などスタイル、年齢などはそのままとした。タイトルのないコラムは新たにつけ、書籍の出版社など一部追加、分かりにくい部分については字句を修正した。

コラム&エッセー 穴があったら入りたい◉目次

まえがき　3

I

ギャンブルは楽しい　10
野球そして長嶋　28
スポーツあれこれ　37

II

旅　52
自動車道　70
巨木　76

III

俳句　82
藤沢周平と葉室麟　89
映画で考える　95

Ⅳ

酒と肴 112
タバコ、たばこ 119
健康とウオーキング 129

Ⅴ

犯罪と防犯 138
災害列島 146
農業を考える 154
いろいろなこと 162

Ⅵ

戦跡そして戦争 170
島への思い 184
回る新聞記者 199

あとがき 213
主な参考文献 215

I

ギャンブルは楽しい

【西風】２０１４年９月28日　**ギャンブル**

昨年12月、カジノを含めた統合型リゾート施設（ＩＲ）整備促進法案が衆院に提出され、継続審議となっている。

その是非を巡りカジノ論議が盛り上がっている。推進派は外国人観光客を呼び込み、雇用や税収も増える、一方の反対派はギャンブル依存症が増え、治安も心配、というのが議論の主なところだ。すでに、長崎県佐世保市、宮崎市などは誘致に積極的だ。

推進派の言う、外国人がたくさん来て雇用の場が増えることを期待するが、そんなに来るのかとの疑問はある。

それでもカジノ解禁には賛成だ。少なくない日本人がわざわざ韓国、マカオ、シンガポールなどに渡航し、遊び、金を落としている。合法でないものは、地下に潜る。国内で警察が摘発しているのは、そのほんの一部だろう。地下のカジノの利益はどこに行っているのか。解禁すれば、国庫か地方公共団体に入ってくる。

反対派の言う依存症が増えるとの心配もよく分かる。福岡県在住の作家で精神科医の帚木蓬生《ははきぎほうせい》氏の「やめられない　ギャンブル地獄からの生還」（集英社）にギャンブル依存症の悲惨な例が取り上げられている。そして彼のクリニックを初診した病的ギャンブラー100人の統計では、パチンコ・スロットが82人、パチンコ・スロットの絡まないものは4人（複数する人がいるため）となっている。

すでに街中にあふれているパチ

ンコ・スロットでの依存症が多いのが分かる。全国何か所かカジノが開かれたところで、問題になるほど増えるとは考えられない。依存症の問題はカジノではなく、パチンコ・スロットだろう。

　カジノの中に街があるようなマカオ、安倍首相も視察したシンガポールのそれぞれのカジノは覗いたことがある。ホテルやショッピング街などギャンブル場というより一大レジャーランドの趣だ。治安が悪いという感じは全く受けなかった。

　ギャンブルはする。なぜか。

　公営ギャンブルで狙った通りにきた快感か。負けた時の不愉快さを考えると差し引きはどうか。結局、分からない。好きなんだろう。

　自らをギャンブル依存症だったといい、カジノで１０６億円余負け「熔《と》ける」を出版した著者は、その本で言っている。「地獄の釜の蓋が開いた瀬戸際で味わう、ジリジリと焼け焦がれるような感覚がたまらない。このヒリヒリ感がギャンブルの本当の恐ろしさなのだと思う」

　依存症の懸念のある人は両書をお勧めする。


　ギャンブルの定義をハッキリさせないと分かりにくい。「広辞苑」では「賭けごと、ばくち」。花札、トランプ、麻雀など賭ければ、すべてギャンブル。厳密に言えば、刑法１８５条の賭博罪だ。一般には、法令で賭博罪を免除している競馬、ボートレース、競輪、オートレースそれにパチンコを総称して使用しているように思われる。狭義に解釈すると、戦後の復興資金にと始まった地方競馬、競艇（数年前ボートレースに変更した）、競輪、オートレースの公営ギャンブルを指す。

　競馬は地方、中央とも戦前から開催されていたが、地方競馬は、いったんは太平洋戦争前に消滅、戦後、地方競馬法が制定され、復活する。戦前から競馬法を根拠に中央競馬は開かれており、現在は農林水産省の外郭団体・日本中央競馬会（ＪＲＡ）が主催しており、「公営」ではない。前述したように、公営ギャンブルと言う時は含まれない。

ややこしいことに、日本最大のギャンブルといえ、そして多くの人がギャンブルと思っているパチンコは、狭義でも法律上もギャンブルではない扱い。法律では風俗営業適正化法での「遊技」。パチンコは歴史を異にするようで、楽しんだ後、玉を現金ではなく景品と交換することなどから、賭博性は薄いと風営法の対象になったのではないか。

確かに店では、景品を出し、現金は渡さないが、すぐそばに景品交換所があり、現金化できる。ファンのほとんどは、景品目当てではない。店で現金に換えてくれれば、簡単だと思っているはず。四十数年前、田舎のパチンコ店では、景品交換所を設ける余裕もないのか、現金払いの店もあった。当時も今も風営法違反であることは間違いない。

『熔《と》ける』はサブタイトルが長く割愛させてもらったが、『熔ける――大王製紙前会長井川意高《もとたか》の懺悔録』（双葉社）だ。著者は井川氏自身。ギャンブルのことをもっと読みたかったが、生い立ちや仕事のことなどに多くページを割いている。

マカオには2013年正月、シンガポールには2014年5月の連休に、それぞれツアーで行った。コースにカジノが含まれていた。いずれもパスポートを提示すれば、無料で入場できた。マカオでは、実際やってみたが、隣の中国人客がうるさくて、途中でやめた。

井川氏が遊んだのは、別の特別室のようで、私は金がないから、到底入れない。彼はギャンブルで逮捕、起訴されたのではなく、特別背任の罪、さらに、すべて返済していることに留意したい。

カジノ解禁については、ギャンブル依存症を配慮するのか、それともギャンブル嫌いの人におもねるのか、日本人除外や入場制限の議論で、なかなか成立しない。私としては、日本人の除外、高額の入場料徴収には反対である。多くが楽しめるギャンブル場でなければ意味がない。問題は、マネーロンダリングや暴力団の介入をどう防ぐか、だろう。

［西風］２０１４年３月29日

競輪に始まり、競輪に終わる

23日は選抜高校野球や大相撲春場所千秋楽、ボートレースＳＧクラシック（総理大臣杯）優勝戦などビックイベントが目白押しだった。それでも「今日は名古屋競輪のＧⅠ日本選手権（ダービー）だろう」と、福岡市・中洲の場外車券売り場「サテライト中洲」で決勝戦をテレビ観戦した。もちろん車券も買った。

競輪を始めて5年余。ベテランファンが雑談している内容が全て理解できるかというと、できない程度のファンだ。競輪全盛期の40年前、当時の上司が言っていた「公営ギャンブルは競輪に始まり、競輪に終わる」は、競輪は奥が深いという意味だと分かり、学習している。また、古里の大分県の人口2400人の離島から2005年、初めて競輪選手が誕生したことも知った。現在3人にもなっており、応援している。

今回のダービーが、私みたいなファンにも熱戦になるのは分かっていた。トップクラスの選手23人が日本競輪選手会からの退会を表明、その後撤回、謝罪して、同会から5月以降、1年—6か月の自主休場（実質の出場停止処分）を受けて、初めてのＧⅠ。1年間出場停止は引退勧告に等しいとも言われ、処分が実施されれば、このトップクラスの顔ぶれは最後ともなりかねない。

決勝戦は出場9選手のうち処分された選手がなんと6人。「平成の怪童」深谷知広選手（24）（愛知県）の捲りも届かず、優勝したのは「魂の走り」村上義弘選手（40）（京都府）、準優勝は「関東の横綱」武田豊樹選手（40）（茨城県）。最強が激突した好レースだった。村上、武田両選手は最も長い1年の処分を受けた3人のうちの2人だ。

長年の競輪ファン、作家の伊集院静、白川道の両氏は、スポーツ紙上で「処分はファンを無視」と話しており、撤回、緩和を求めるファンは多い。

村上義弘選手が引退するとのうわさは根強い。あっせんを受けている4月いっぱいは走ると言っており、17日から始まるGⅢ武雄競輪開設記念レースには出場予定だ。場外ではなく、本場で雄姿を見たいと思っている。

4月18日に武雄競輪に行った。村上義弘選手は多くのファンが知っているので、なかなかの人気だった。もちろん村上選手から車券は買ったが、トップに一度も立つことなく、沈み、私も負けた。自粛休場23人は、全国競輪施行者協議会からの短縮要望やファンの批判などから、18選手を一律3か月に短縮。8月から、村上義弘選手や武田選手は再び雄姿を見せている。12月30日開催の最高レース「KEIRINグランプリ」では武田選手が悲願の初優勝を飾った。2位村上博幸選手、3位村上義弘選手といずれも処分を受けた選手だった。

当然のことながら、中洲場外に行き、車券を買った。各スポーツ紙は武田選手本命。私はけがから復帰した深谷選手をメインに投票、2014年最後のギャンブルも外した。残念。

コラムの離島は大分県姫島村。3人は小岩大介、哲也、中堀光昭の3選手。大介選手が最初に選手となり、哲也、中堀両選手が続いた。大介、哲也選手は兄弟。

1年自主休場中だったアテネ五輪自転車競技、チームスプリント銀メダルの長塚智広選手は、2015年1月28日、引退表明した。

「ギャンブル場には足を踏み入れたこともない」と、ギャンブルへの偏見（正当かな?）に満ちた言辞を弄する友人がいる。田舎の偏見はもっと強い。それでも、「島から初めて出た競輪選手」と、大介選手がデビューした時は、有志らが別府競輪場に応援に駆け付けたと聞いた。

大介選手の走りを初めて見たのは、２０１１年の小倉競輪場でのＧⅠ・競輪祭。1着、2着、3着と流したが着外。哲也選手は２０１４年10月15日の熊本競輪ＧⅢ・開設記念の最終日に中洲場外で。10レース、1、2、3着とも広めに買ったが、落車。この日は決勝で本命視されていた新田祐大選手も落車。買った車券は全部落車でパー。決勝はともかく、思い入れの強い車券はなかなか来ない。冷静に考えないと、と思うが、やっぱり投票したくなるな……。

［西風］２０１３年3月9日　**外れ馬券は経費に**

確定申告シーズン。数年前から医療費の還付申請をしている。少し面倒だが、何回か飲める金が返ってくる。申告しない手はない。昨年から、個人的に加入していた年金が支払われるようになり、医療費控除と合わせて申告したら、今回は還付どころか、納税することになった。国民の義務だから仕方がないか。

日本中央競馬会（ＪＲＡ）のネット投票で得た配当金を申告せず、２００７−２００９年の3年間に5億７０００万円を脱税したとして元会社員（39）を所得税法違反の罪で大阪地裁に公判請求した大阪地検（告発は国税局）には釈然としない。

小紙などによると、元会社員は、独自に開発したソフトでネット投票し、起訴された3年間に28億7０００万円かけて大量に馬券を購入、30億1０００万円の配当を得、1億4０００万円の実質利益を得た。ところが、地検は外れ馬券は経費にあたらず、当たり馬券の購入費だけが経費（1億3０００万円）とし、28億8０００万円を課税対象とした。

国税、地検は公営ギャンブルによる所得は一時所得で「収入を生じた行為のために直接要した金額」を厳密に適用したのだろう。

一方、弁護側は元会社員の馬券購入は「一時」ではなく、複数レースにまたがる「継続行為」とし、外れ馬券も経費に算入すべきだと主張している。

私も競艇を中心に公営ギャンブ

ルを楽しんでいる。まず、1点買いをしているファンはほとんどいない。「流し」「ボックス」等々。6艇の争いの競艇でも10通り前後、競馬なら数十通り投票するのはザラ。国の外郭団体や地方公共団体が胴元で、投票用紙も複数買いを前提にしている。さらにネットが大量買いに拍車をかけている。それを勧めているのも胴元。当たった当該レースですら、外れ券を認めないとは、同じ「公」として、地検はおかしくないか。

　さらにもう一つ。「ギャンブルで家は建たない」とよく言われるが、私も含めてほとんどがマイナス収支（それだけに元会社員はすごい）。というのも、投票した瞬間、すでに25％は引かれている。競馬は国庫に10％、競艇等も必要経費を差し引いた後、地方公共団体に入る。所得税まで取るとなると、二重課税ではないのか。5月23日に大阪地裁で判決が言い渡される。

　大阪地裁は、「外れ馬券分も必要経費に含まれる」と判断。課税額を約5億7000万円から約5200万円に大幅に減額した。判決は検察側の「一時所得」とはせず、「被告の場合は一般的な馬券購入行為と異なり、機械的・網羅的で利益を得ることに特化していた」とし、先物取引などと同じ「雑所得」にあたるとした（読売新聞）。

　判決は、趣味や娯楽で楽しむ競馬について、原則として一時所得としており、被告の特異な馬券購入についての判断。われわれが何レースか楽しむ外れ馬券については、相変わらず経費とは認めていない。被告にとってはいい判決だが、中途半端というか、何というか。

　では、どれだけ、どの頻度で馬券を購入すれば、一時所得でなく、雑所得になるのか、なんら線引きされていない。これでは、国税、検察、裁判所のさじ加減ひとつだ。税金はそういうところがあると言ってしまえばそれまでだが。

さらに、中央競馬でもネットの売り上げが5割を超えている。捕捉されるネットと現金購入に不平等は生じないか。

もう一つ加えれば、ひょっとして大穴が当たったら、納税しなければならないと思ってすることになる。「趣味や娯楽の競馬」と言っているが、趣味、娯楽で税金が頭をよぎるのはいかがなものか。購入時点ですでに25％引かれていることから、競馬に限らず、ほかの公営ギャンブルも非課税とするのが妥当だと思う。監督官庁たる農林水産省、経済産業省が財務省・国税局に申し入れしないといけない。

2014年10月26日、第75回菊花賞は東日本大震災のあった日に生まれたトーホウジャッカル（名前がいい）が最速レコードで制覇した。スポーツ報知・和田伊久磨記者の同馬本命予想が気に入ったので、同馬を中心に買った。久し振りに馬単が当たった。うれしかった。馬券はもちろん何種類も買ったが、オッズが数千倍のも混ぜた。これが当たると申告しなければならないのか、と頭をよぎった。興趣を削がれたのは確かだ。

控訴審でも同様な判決で、2015年3月10日、上告棄却となり、確定した。

【西風】2012年3月10日　**朝だ、徹夜だ**

競輪GⅠの第65回日本選手権（通称ダービー）が4日まで熊本市の熊本競輪場で開かれた。4年前から、たまに車券を買うようになった初心者。九州で初めてのダービー、売り出し中の深谷知広選手（22）らトップ選手が出場するとあっては、行かない手はない。準決勝戦が行われた3日に駆け付けた。

指定席は売り切れ、メインスタンドは満員。女性客も散見され、いつもとは違った雰囲気にGIレースを感じた。準決勝の最終レースに登場した深谷選手は、逃げ切れず3着。外れた人が多かったはずなのに、熱戦にスタンドからは大きな拍手がわき起こった。

翌日の決勝は、福島県の成田和也、山崎芳仁選手が1、2フィニッシュ。今回のGIは東日本大震災被災地支援をうたっており、その点では2人の活躍は被災地のファンを喜ばせたことだろう。

作家伊集院静氏がどう見るのかと、ふと思った。

氏は防府競輪のある山口県防府市の出身で、競輪ファンでも知られる。作品のひとつに、作家色川武大（1929―1989年、麻雀小説での筆名は阿佐田哲也）が死去するまでの2年間の交遊を描いた「いねむり先生」（集英社）がある。前妻の夏目雅子と死別後、精神的打撃で沈んでいた氏が色川との出会い、交流を通して再生していく自伝的小説だ。2人ともギャンブラーとあって、場面の多くは麻雀、酒、そして競輪の旅打ち。北は青森から南は松山まで。なんともうらやましい大人の交流が描かれている。

氏は仙台市に在住し、被災者でもある。大震災について積極的に発言しており、共感するところが多い。進んでいないがれきの処理についても、全国の自治体が引き受けるべきだと訴えている。

明日は3月11日。改めて足元から大震災を考えたい。

東日本大震災のがれき処理は終わった。風評被害などを恐れて、一部市民の反対もあり、処理能力のある多くの自治体が引き受けなかった。そうした中で近くでは、反対運動があったものの、北九州市が受け入れたのは立派だと思った。

『いねむり先生』は2013年、テレビ朝日でドラマ化されたものを見た。伊集院氏と夏目との関係が主で、色川との交流場面が少なかったのは残念だった。

阿佐田哲也のペンネームは、麻雀をやって「朝だ、徹夜だ」からとったことは有名な話だ。阿佐田での代表作は『麻雀放浪記』（双葉社）。男子学生はもちろん、多くの大人が打っていた１９６９年の出版。主人公の「坊や哲」をはじめ、打ち手の様々なキャラクター、勝負の場面など、どこを読んでもおもしろかった。さらに、文中に牌が活字として使われているのも斬新だった。以後、麻雀の著作物では当たり前になった。

麻雀を知ったのは、１９７０年、大学に入学してから。田舎の子だったから、見たことすらなかった。

入学して、島の中学の1年先輩のMさんのアパートに行くと、ほとんど麻雀をしていた。することがないから、後ろで見る。1人がトイレに行くと代打ち、メンツが足りないと、まだよく理解してないのに参加させられる。入門書を買い、役を憶え、符の数え方を暗記した。のめり込むのは早かった。とにかく男子学生でしない人がいたかなというぐらいだから。

雀荘やアパートで連日、卓を囲んだ。徹夜はザラで、深夜を過ぎると、騒音防止のため電気こたつの台の上に毛布を敷き、打っていた。大学近くの雀荘は長時間やるとチキンラーメンがサービスで出ていた。せこいから、ラーメンが出るまでやろうと結局、徹夜。大学の学食で30円の朝食を食べ、アパートに帰って、寝ていた。昼夜逆転の生活が1年ぐらい、いやもっとかな、続いた。

最初にあがった役満は四暗刻《すうあんこう》の単騎待ち。「發《あお》」で待った。場に1枚も出ていないからが理由。ここらへんは初心者そのもの。読売新聞佐世保支局在勤中の17、18年前、九連宝燈《ちゅうれんぽうとう》をあがった。この役をあがった人は死ぬので、牌は焼却しなければならないと言われていた（仲間内だけだったのかな）。滅多に出ない役満。もちろん初めて。他人があがったのも、いまだに見たことはない。興奮して、点数を数え間違えた。雀荘だったから、さすがに牌は焼かなかった。しかし、何人かには、経過と、てんぱった図を添えた葉書を出した。バカだね。

断続的に続け、今も月数回は卓を囲む。依然として、おもしろい。これまでに費やした麻雀の時間、特に学生時代のそれを勉強やほかのものに使っていれば、もう少し賢くなったのではないかと、今でも反省はする。しかし、その反省を上回るおもしろさなのだ。ゲームで一番おもしろいのは麻雀だと思っている。

しかし、麻雀人口は急減している。ハード部分は、ボタンを押せば自動的に洗牌し積む自動雀卓になるなど進んでいるのに。チキンラーメンを出していた雀荘は、もちろんない。それよりも、大学周辺に見られなくなるなど、雀荘も減っている。先日、「私もやってみたい」という人に教えてやろうと、中古の牌を買うため質店に行くと、ない。かつてはあんなに売っていたのに。

若い人がしなくなっている。20歳代のする人に、どのようにして憶えたかを聞くと、多くが「テレビゲームで」との答え。これでは増えない。4人、あるいは3人が顔を合わせ、どういう表情やしぐさで、あるいは息づかいで、大きい役なのか、それともてんぱっているのかを考えることも勝負、いやゲームのうちなのだから。若い世代はほかに楽しいことがあるのだろう。

雀荘に行けば、中高年のオヤジばかりだ。ある雀荘では、夕方行くと高齢の女性客が多く打っている。頭と指先を使うので、認知症予防にと始める人が増えているという。高齢化社会で息を吹き返すか。

たまに行っていた福岡市中央区赤坂の雀荘が２０１４年末、閉店した。客が来ない日もあったというから無理もない。もっとひんぱんに利用しなければ、と思った時には遅かった。

【西風】2011年9月4日　**フライング**

「フライングが惜しかったよな」と電話で話していると、相手とどうしてもかみ合わない。それもそのはず、相手は28日の世界陸上男子100㍍決勝で、フライングで一発失格した世界最速男ウサイン・ボルトのことを思っていた。私は同じ日にもう一つあったフライングのことを考えていた。

福岡市の福岡ボートレース場で行われたボートレース（競艇）SG（スペシャル・グレード）第57回モーターボート記念の優勝戦で、何と2艇フライング。「フライングさえなければ、高額配当の舟券を持っていたのに」とクヨクヨしていた。この時期、フライングと言えば、世間の多くは、ボルトのことを思い浮かべるのが普通で、相手は笑っていた。

フライングは痛い。ボルトが一番ショックだろう。競艇の場合はもっと痛い。フライング（F）があれば、それに関係した舟券は全額払い戻し。主催者にとっては即、収入減につながる。それがよりによって、一番舟券が売れるSGの優勝戦。さらに6艇中、1、3番人気の艇がFとあって、12億円余の売り上げのうち、実に87％の約10億6000万円が返還となった。表彰式での関係者の表情は硬かった。

選手も本当に痛い。Fを切るたびに、強制休暇でレースに出場できない（その間、収入がないということ）。レースのグレードが高くなればなるほど、大きなペナルティーが科せられ、SG優勝戦でFを切れば、1年間のSGと半年間のGⅠ、GⅡに出場できない。生活に響いてしまう。

陸上100㍍もスタートは重要だが、競艇はスタートが命。SG優勝戦で本命選手が何度出遅れで泣いたことか。優勝した瓜生正義はF寸前の0・0のジャストだった。

競艇は定刻に、スタートラインを1秒以内で通過するのがルール。遅れればレイト（L）としてFと同じ扱い。

野田新内閣がやっと船出したが、震災復興、円高など課題山積の割には、首班指名から組閣まで時間がかかった。競艇ではさしずめLに近い。（敬称略）

フライングは競艇には付きものとはいえ、あれば興趣を削ぐ。
2014年9月28日、戸田ボートレース場で開かれたGI「第1回ヤングダービー」優勝戦では、3艇フライング。一番人気の1号艇。峰竜太選手（佐賀県）ら3選手がフライング。

峰選手は0・6秒、5号艇で前づけに動いた土屋智則選手は0・7秒とあまりに早く行き過ぎ。峰選手は、人気を背負っての本命1号艇。前づけに来られて、ダッシュ勢には強力選手がいるとあって、「好スタートを切りたい」「優勝したい」との気持ちだったのだろう。その気持ちは痛いほど分かるが。それにしても、早過ぎる。

このレースの売り上げは約6億1398万円だったが、うち5億9663万円、実に97％が返還となった。売り上げは1735万円となってしまった。峰選手はこれで2本目のフライングとなり、90日間の出場停止と半年間のGI出走停止となった。

スポーツ報知西部本社の井上誠之記者の予想記事に合点が行き、場外発売している福岡ボートレース場に足を運んだ。同記者の予想を参考に、2号艇の渡辺雄一郎選手を中心に1、5号艇を絡めて舟券を買った。その渡辺選手もフライング。掛け金は全額戻ってきたが、おもしろくなかった。

「長谷昭範の楽しい競艇（ボートレース）」（海鳥社）の前文

ボートレースは楽しい

競艇は見ているだけでも楽しい。水辺にいるだけで、浮き浮きするのに、エンジン音を響かせ、ボートが疾駆し、白波を上げてターンする。自分が推理した展開になり、高配当の舟券でも当たった時は、楽しさを通り越して興奮を覚える。

公営競技とはほぼ無縁の生活を送ってきた。約3年前、小紙に出向となり、重賞レースでの招待やあいさつで、場に伺う機会ができた。嫌いではないから、舟券を買う。小紙の予想通り買っていたが、人の予想だけでは納得できない。さらに、場内アナウンスは「チルトマイナス0・5」「3対3、カドは○○」。訳が分からない。小紙に目をやれば、潮の干満から風向、風力まで掲載されている。

第1ターンマークで見ているとベテランファンが「まくると思っていたんだが」「前づけしたぞ」とかなんとかしゃべっている。意味が分からない。データはどのようにレースに影響するのか、「まくる」とはどうすることか、などなど。疑問と興味は尽きない。長谷記者に質問すると、スラスラ何でも答えるではないか。

長谷記者の十数年に及ぶ競艇取材の蓄積を生かさない手はない。これから競艇を始める人には入門の手引きとして、ベテランファンには、納得して舟券購入の参考にと2010年1月1日から、週3回の連載を始めた。初心者にも分かるような原稿をと、デスクは私が務めた。連載は賞金王決定戦の12月23日まで、151回を数えた。

連載だけではもったいないとの声もあり、加筆修正して出版することになった。

連載デスクをしながら、公私にわたり場に通った。競艇記事もアナウンスの意味も理由も、ベテランファンのつぶやきも分かるようになり、格段におもしろくなった。もっと良いことは、舟券予想が、小紙を参考に、自分で検討、納得してできるようになったことだ。もっとも時間がかかりすぎるが。しかし、これがまた、楽しい。成績は言わぬが花だろう。

この本を読めば、一夜にしてベテランの域に達し、一段と楽しくなることだけは言える。

小紙とはスポーツ報知西部本社（本社・福岡市）のこと。九州・山口エリアに「スポーツ報知」の題字で、宅配、即売で読者へ毎日（宅配は休刊日あり、即売は1月2日のみ休刊）新聞を届けている。読売巨人軍をメインとするプロ野球やスポーツ全般、芸能、事件事故などを報知新聞社（本社・東京）から送稿してもらい、エリア内の公営ギャンブル、話題ものなどを自社制作している。

２００８年５月、読売新聞西部本社からスポーツ報知西部本社に出向するまでは、中央競馬のダービーや天皇賞などの馬券をごくたまに買うだけで、公営ギャンブルは全くしたことがなかった。

当然のことながら、ギャンブル面を見ても本命、対抗などの印は分かっても、詳しいことは理解できない。賭け事は好きだから、どんなレース場に行こうが、必ず投票する。

紙面に掲載される記事が理解できないではまずいし、また、大事なお金を投ずるのだから、理屈と納得が欲しいと、レース場には通った。特に福岡ボートレース場には、連載期間中は昼休みを利用して、平日でも。そして分からないことを長谷記者に聞いていた。デスクをして分かるようになったが、当たるかと言えば、そうもいかないところがギャンブル。

最近では当たらないのは、個人的資質かとも考えてしまう。

本はよく売れた。出版後、プロペラが個人持ちから貸与制に変更になったが、それ以外は古びていない。

［西風］２００９年10月8日　**旅打ち**

還暦まで1年有余となった。ほとんど実感はないが、退職後を時々考える。

「退職後は趣味を持たなければ」と言われる。あるのか。学生時代から鍛えた酒とマージャン、減量のために始めた散歩にゴルフ。趣味というより娯楽だ。それでもないよりはいいが、マージャンもゴルフも1人ではできない。このままでは、アルコール中毒になった景色が見える。

1年半前、小紙に出向し、九州・山口の公営競技場にあいさつに伺っている。帰る前、数レース投票するが、ビギナーズラックはない。しかし、これは退職後の娯楽にはピッタリではないかと思っている。
例えば競艇。見るだけでも楽しいが、競争としては単純と思っていた。まだまだ理解が足りないが、奥は深そうで、検討することが実に多い。組み合わせ、選手の属性、舟、エンジンの成績、風などの気象と多岐にわたる。１人で遊べ、６人（艇）の争いなので、たまに当たる。検討、推理することは認知症予防にも効果がありそうだ。
競輪などでもそうだが、入場料は50円か１００円。投票券を１００円から買えるのも魅力。
競艇は関東・みどり市から九州・大村市まで24場、競輪は北海道・函館市から熊本市まで47場。娯楽に旅行も追加して、桜前線とともに北上、今の季節は紅葉前線で南下か、と夢想する。課題は、軍資金と健康か。

２０１４年６月、非常勤顧問となり退職した。アルコール中毒気味だが、まだ先にやることがあり、「旅打ち」はできていない。

ギャンブルの売上は落ちている。昔日のにぎわい、喧噪はないと言ってもいい。『バクチと自治体』（三好円《まどか》、集英社新書、２００９年５月刊）では、①バブル経済終焉後の長期にわたる不景気、②レジャーの多様化、③ファンの高齢化と若年層の減少を理由に挙げている。その通りだ。同書によると、公営ギャンブルのピークは１９９１年度。売り上げはボートレース２兆２１３７億円、競輪１兆９５５３億円、地方競馬９８６２億円、オートレース３４９８億円にのぼった。それが、14年後の２００５年度には、ボートレース、競輪は１兆円台を割り、１９９１年度の32％から45％に落ち込んでいる。

中央競馬は、ピークは１９９７年（通年）で４兆７億円。２００５年はその72％で、公営４競技に比べ落ち込みは少ないが、１兆１０００億円も減らしている。

現在はというと（数字は週刊レース社「公営競技関係団体住所録」による）、2013年度で、ボートレース9598億円、競輪6063億円、地方競馬3553億円、オートレース688億円。中央競馬は2兆4118億円。いずれも2005年度（中央競馬は通年）を下回っている。ボートレースと地方競馬がここ5年間で若干持ち直し、2005年度の水準に近くなっているが、競輪とオートレースは年々減少しており、落ち込みが目立つ。

各競技ともファン開拓に懸命の努力を続けている。電話、インターネット投票、場外売り場の拡充などなど。しかし、時流に逆らえないのか。三好氏が指摘した3点の理由については、ますます拍車がかかっている。パチンコが元気に見えるが、売り上げを落としている。ギャンブルに回す金がないのだ。

公営競技の施行者は、できたら偶数月の15日ごろからの開催を願っている。理由は年金が支給されるからなのだが。レース場に足を運べば、一目瞭然。客の大半は高齢の男性だ。特に競輪場は若年者、女性をほとんど見かけない。年金支給直後に開催したい気持ちは痛いほど分かる。

2009年にこのコラムを書いてから、花月園（横浜市）、大津びわこ（滋賀県）、観音寺（香川県）、一宮（愛知県）の各競輪がなくなった。オートレースでは、船橋（千葉県）が2016年3月での廃止を明らかにしている。近くでは、飯塚（福岡県）が累積赤字が膨らみ、2015年度から運営を民間委託する。山陽（山口県）、浜松（静岡県）はすでに委託しており、船橋は委託後の廃止の表明だ。

地方競馬の荒尾（熊本県）は2011年12月23日、天皇誕生日に最後のレースを開催し、廃止となった。もちろん駆け付けた。なんと、超満員。いつもは、閑散としているのに、椅子席には座れないありさま。「いつもこの半分でも来てくれていれば、閉鎖されることもなかったのに」と思った。馬券は例によって取れなかったが、にぎわいと喧噪を味わえたのは、よかった。

競走馬の産地でもある九州の地方競馬は佐賀（佐賀県鳥栖市）だけになった。

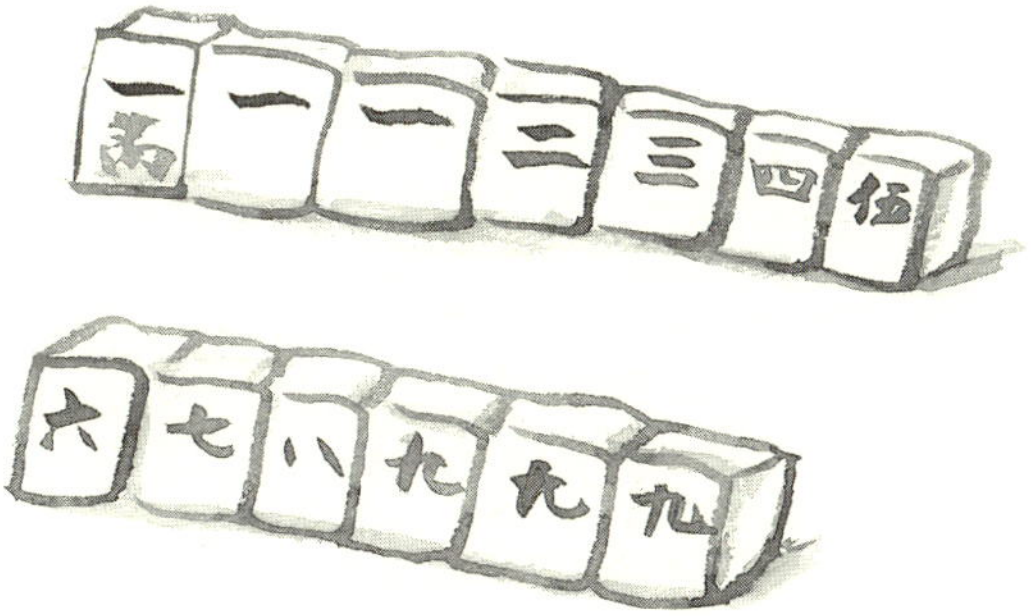

野球そして長嶋

［西風］２０１３年1月11日　**長嶋と松井**

巨人、ヤンキースなどで活躍した松井秀喜選手（38）引退の余韻は年が変わっても収まらない。昨年夏、レイズに戦力外通告を受けた時から「あるかも」と恐れていたが、まだ見たいとの願望が強すぎたためか、ショックだった。ここ数年、アメリカに観戦に行こうと何度も考えたが折り合いがつかず、とうとう見逃してしまったのが残念至極だ。

記者会見で、20年間で一番思い浮かぶシーンを聞かれ「いっぱいあるが、やはり長嶋監督と2人で素振りした時間かな」と答えた時は涙がこぼれそうになった。ヤンキース1年目の本拠地開幕戦での満塁本塁打、２００９年のワールドシリーズ6戦の先制2ラン、そしてMVPなど数々の劇的シーンがあるのに。

半世紀以上に及ぶ長嶋茂雄巨人軍終身名誉監督のファンだからかもしれない。長嶋監督もうれしかっただろう。

彼の引退も忘れられない。１９７４年10月14日、後楽園でのダブルヘッダーの第1試合後、タオルで涙を拭いながらグランドを1周して満員のファンに別れを告げた。読売新聞の記者1年目だった私もテレビの前で泣いた。

２００６年夏、初めて北陸を旅行した。小松空港に降りて、最初に訪ねたのは松井秀喜ベースボールミュージアム。もらったパンフレットのプロフィールの生年月日を見ると、注釈に「長嶋茂雄氏現役引退の年」とあった。因縁めくが、1992年10月、長嶋監督は12年ぶりに巨人軍監督に復帰。まさにその年のドラフトで松井選手を引き当てた。ちょうど読売新聞宮崎支局在勤中だった。翌春のキャンプは長嶋監督復帰フィーバー。残念ながら松井選手のことはよくおぼえていない。

松井選手には、その後20年、本当に楽しませてもらった。ありがとう。そしてお疲れさん。ユックリ充電してください。が、ファンとしては、早く指導者として巨人軍に復帰したユニホーム姿が見たい。宮崎県総合運動公園の大にぎわいが今から目に浮かぶ。

そして松井選手を上回る強打者を育ててほしい。

松井氏のことを書きながら、結局、長嶋氏のことを書いている。両氏は2013年5月、国民栄誉賞を受賞する。別稿で少し書いたが、長嶋氏には遅すぎ、松井氏には早いと思った。

それにしても、松井氏はなかなか日本球界に復帰しないな。

［西風］ 2012年7月7日 **長嶋写真集**

報知新聞創刊140周年記念写真集「永遠のミスター　長嶋茂雄の世界」が出版された。天覧試合でのサヨナラ本塁打、あまりの強振にヘルメットが飛ぶ空振りなど何度も見た写真もあるが、これまで触れていない報知秘蔵のものも少なくない。付録の特大両面ポスターは部屋に早速張った。

長嶋（敬意を込めて敬称略）は、1936年（昭和11年）生まれ。同時代から昭和20年代生まれの多くは長嶋ファンだろう。写真集は高校時代から今春の巨人軍キャンプ視察まで、公私にわたり網羅している。ファンはスターに自らを重ねる。写真集で「あのころはこうだった」と思い出す。

私が初めて生で長嶋を見たのは1970年、大学1年の時。大阪万博に行き、早大に行っていた高校の同級生と大阪で会い、一緒に上京。初めての東京で、後楽園球場での対広島戦を観戦した。ノーヒットだったが、うれしかった。上京は予定外で、帰りの汽車賃は兄に借りた。1974年、読売新聞西部本社に入社。その年の秋、引退試合のテレビの前で泣いた。

1992年、私が宮崎支局在勤中、巨人軍監督に復帰。直後の秋季宮崎キャンプでは、担当でもないのに県総合運動公園に行き、雄姿を眺めた。監督を退任することになる2001年の春季キャンプでは、再度の宮崎勤務の時で、仕事であいさつする機会に恵まれ、幸せだった。

写真集を見て改めて思ったのは、長嶋が、一番ユニホーム姿が似合うこと。今はズボンの裾を降ろしている選手が多い。長嶋は現役の時から終始、裾を上げストッキングが見えるのが格好いい。

今シーズンは4番サード長嶋ならぬ村田だ。守備もいいし、打席での雰囲気もある。裾も上げており、長嶋を思い起こさせる。ドキドキしながら応援している。

写真集は税別2800円。書店、YC（読売新聞販売店）で販売している。

宮崎支局には、1990年4月からの3年間と2000年11月からの1年半の2度、勤務した。この後のコラムでも触れているが、1度目は県政クラブ所属で、キャンプ取材は若い記者が担当し、機会に恵まれなかった。

2度目は支局長だった。支局長として球場まであいさつに伺い、名刺を差し上げた。あいさつだっただけに、たいしたお話はできなかった。甲高い声で話されたことだけは憶えている。読売新聞西部本社に入ってよかったと、つくづく思った瞬間だった。今でもそう思っている。

巨人軍の広報部から「支局長、サインをくださいなどと言ってはいけませんよ」と釘を刺されていた。欲しかったが、そんなことをお願いすることはない。仕事なのだから。

サインはその後、米良充典・米良電機産業社長（今は宮崎商工会議所会頭も務めている）を通じて、いただいた。

当時、米良氏や大野和男・潤和リハビリテーション振興財団理事長らが巨人軍の宮崎キャンプ、オープン戦の継続、公式戦の開催などを要望して、ジャイアンツ宮崎倶楽部「洗心会」を結成、活動していた。私も会員だった。

長嶋氏が２００１年の秋に退任した翌年1月、宮崎市で、同会主催の同氏の講演会を開いた。私は宮崎空港で出迎え、すぐに甥の結婚式のため大分市に行き、講演は残念ながら聞くことはできなかった。

米良氏はこの時、長嶋氏を会社に招き、歓迎していた。今でも記念写真が社長室に飾られている。この滞在中に、私が大ファンだと知っていた米良氏がお願いし、サインをもらってくれていた。恐縮にも、私のフルネームも入っている。ありがたい。

洗心会の洗心は長嶋氏がよく使う言葉で、会の名前は氏の了解を取り、つけた。このころから、巨人軍のキャンプ地を沖縄に移すとのうわさが出ていた。その後、キャンプ後半に主力が沖縄キャンプを行っているが、メインキャンプ地は依然、宮崎だ。公式戦も開かれた。

後楽園球場で最初に長嶋氏を見た時、一緒だったのが、早稲田大学生だった清末良一君。彼のアパートに泊まり、キャンパスにも寄った。前年受験し、見事に落ちていた。学食で「吉永小百合もここで食べたことがある」と聞かされた。「もう少し、勉強をしていたらなあ」と思った。

清末君は私と同じ年に読売新聞大阪本社に入社。初任地は松江支局だった。私は山口支局で、長女が生まれた時、山口市までお祝いに駆けつけてくれた。その後、国東や出張先の東京、大阪で飲んだりした。
地方部次長、神戸総局長などを経て、大阪本社の部長の時に肺がんが分かり、２００６年12月、亡くなってしまった。まだ54歳だった。いったんはよくなって退院したのだが。「だいじょうぶ」と思い、見舞いに行かなかったことを今でも悔いている。長嶋氏のことを思うと清末君のことを思い出す。

［暖流］２００１年９月30日　**終身ファン**

小紙の社会部から二十八日午後、「長嶋監督退任」の一報。他の仕事をうっちゃり、社会面、宮崎版の原稿作成に取りかかった。記者が堤稿してきた各界の人々の「ご苦労さま」「これまでありがとう」の声が一ファンとして、そして、同じ読売の旗の下で働く者として、うれしかった。

しかし、寂しい。子供のころにはやった「背番号・３　言わずと知れた男、長嶋イカスじゃないか」（大高ひさを作曲、上原賢六作曲、石原裕次郎歌）と歌い、若手記者に「知っているか」と毒づいて、ひんしゅくを買った。春に続いて、もうすぐ秋季キャンプで「背番号３」の雄姿を見ることを楽しみにしていたのに。やっぱり残念だ。

記者も中高年の例に漏れず、四十年余の熱烈なファン。スターに自らの人生を重ねるのはファンの特性（特権？）だが、入社した年の現役引退。監督に復帰、そして退任のいずれもが宮崎勤務の巡り合わせ。まだまだあるが、「それがどうした」と言われるに決まっているので、やめる。将来生まれるであろう孫に、さも自分だけが特別な巡り合わせがあったみたいに語りたい。

「長嶋伝説」はまだまだ終わったわけではない。終身名誉監督としてどうするのか。スポーツ報知によれば、アテネ五輪の全日本の監督の可能性もあるという。終身ファンとして、まだまだ楽しみは多い。さらに、原次期監督がキャンプでどう鍛えるのか、やっぱり興味は尽きない。

長島伝説

［プリズム］１９９２年11月20日

巨人軍キャンプに連日ファンが詰めかけている。宮崎市営球場の駐車場をのぞくと、熊本、鹿児島をはじめ九州各県のナンバーがそろっている。遠くからも足を運んでいただき、本当にありがたい。

「長島人気」を改めて認識した。長島ファンでは人後に落ちない記者も十八日、応援に行った。

球場での長島監督はいっときもジッとしていない。少し目を離すともう違う場所にいる。しかし、すぐ分かる。報道陣のカメラの先を追うか、足元を見ればいい。他のコーチ、選手の中にあって一番ストッキング部分が長い。現役の時もそうだった。そしてユニホーム姿が一番似合うのも長島監督だと思った。ウインドブレーカーを着たままで新背番号「33」が見られなかったのは残念だったが…。

スタンドで見つめるファンは記者と同年代から中高年の姿が目立つ。「長島さーん」と声をかけたのも熟年の女性グループだ。スポーツ人気は年々多極分散化しており、かつてのように野球一極集中型ではない。若いファンの開拓のためにも新しいスターの育成と新たな長島伝説を作ってほしい。

［プリズム］１９９２年10月10日

ここに熱狂ファン

巨人軍の監督に長島氏が復帰することになった。待ちに待ったのがやっと実現した。本当にうれしい。そして今、キャンプ地宮崎で勤務していることに感謝している。キャンプに来たら取材、いや応援に行きたい。

記者は昭和二十六年生まれ。同世代の多くがそうであったように、三角ベースから野球を始めた。当時、長島氏はすでにスターだった。野球といってもソフトボールだが、人気ポジションは投手、遊撃手ではなく、三塁手。中学で軟式野球部に入り、今思うと恥ずかしいが、プロ野球の選手になりたかった。レギュラーになったら三塁を守り、背番号は「3」をつけたかった。

が、結局もらったポジションは二塁手と捕手。背番号も「4」と「2」、鈍足を思い知らされ、プロ野球の夢もついえた。
　しかし巨人軍、長島を応援してきた。現役引退はさびしいものがあったが、監督でさい配が見られるのがうれしかった。そして最下位。しかし五年間で二度リーグ優勝。調子の悪い時に巨人ファンからさえ上がった罵倒《ばとう》が悲しく、「九回裏二死で、同点のランナーに二盗させたのは長島じゃないか。当初はバカみたいなことを言われたが皆やりだしたではないか」「二度優勝したではないか」「新浦投手も育てたではないか」などと反論もした。
　野球は本来楽しいものだ。先日、県議会と懇親の軟式野球をしたが、五十、六十歳になっても目が輝いていた。苦悩の色を浮かべる監督もいるが長島氏は明るい。今から宮崎キャンプと来シーズンが楽しみだ。

1992年ごろは新聞の表記が今とは違っていた。「長嶋」も「長島」と書いていたし、漢数字表記で、和暦を使っていた。

退職後、ねじめ正一氏の『長嶋少年』（文春文庫）に出合った。この小説が、長嶋氏が現役のころに少年だったファンの心情を余すところなく伝えている。

カバーには「小学五年生のノブオは、長嶋に心底憧れている。誰もが一目おく野球少年。詩人の父は行方不明、母は子供にも仕事にも無関心、友との別れや理不尽に負った怪我、出生の秘密……、次々と苦難は襲いかかってくるけれど、『長嶋』を心の支えにぜんぶ乗り切るのです！（後略）」とある。苦難を苦難とも思わないのは、長嶋氏を憧憬し、野球をやっているから。いつでも「長嶋」だ。小説の中でノブオ君はもちろんサードなのだが、目を負傷。その際、三塁を守るチームメートがクルクル変わるのを見てノブオの心情は「どこでもいい奴がサードを守るのは許せません。サードに失礼です。野球に失礼です。長嶋に失礼です」と怒っている。そして、三塁でノックを受けているチームメイトを見て「サードは僕です。サードは長嶋です。長嶋は僕です」。

指導する教諭から、右打ちを左打ちに勧められて「長嶋は右打ちです。僕は右打ちでなければダメなんです。僕は長嶋です」。ノブオ君の気持ちは痛いほど分かる。おじさんどころか高齢者になってしまっても。

コラムで（宮崎）県議会と軟式野球をしたとある。これは何かのきっかけで、当時の県政記者クラブのメンバーで野球チームを作ることになった。ユニホームを作る時、当然背番号「3」を主張。ほかに数人、希望者がいたが、希望は封殺した。そして試合でもサードを守った。こうなると、アホかなと思わないでもない。

◇

2014―2015年のストーブリーグの最大の話題は、残念ながら巨人軍でもソフトバンクでもない。黒田博樹投手の広島カープ復帰だ。ビックリした。「そんなことがあるのか」と。今オフ、大リーグで、20億円で争奪戦となっていた選手が年俸4分の1で帰って来るのかと、ほとんどのファンが思ったはずだ。今まで帰って来た選手とわけが違う。

熱狂的なカープファンの中国新聞（本社・広島市）OBのFさんは、数年前から「黒田が帰って来る」とオフのたびに繰り返していた。電話をしたら「まさかね。（復帰を）中国新聞は朝刊で先んじたんじゃが、東京に住む息子に『黒田帰る』とメールをしてやった」と、余程うれしいのか、よくしゃべる。

「あんたは帰る、帰ると言っていたではないか」と言うと、「願望じゃがね。まさかね」。やはり、驚きなのだ。

復帰の理由は「男気で済ませちゃいけんけど、やっぱり男気じゃろう」。そして、黒田投手が渡米する1年前も広島残留の横断幕が出て、ファンが熱心に引き止め、1度は残留したこと、1年後に温かく送り出したことに触れ、「カープじゃから起こりえた復帰じゃ」とカープを強調。さらに「今年はホークスと日本シリーズだ」とまで吠えた。

黒田投手はいい漢《おとこ》だと思う。1球も投げなくて伝説になった。しかし、ペナントレースはそう簡単にはいかんぞ、とジャイアンツファンとして一言、言い返しておいた。

野球はやっぱりいい。

スポーツあれこれ

〔西風〕2013年9月14日　**オリンピック効果を地方にも**

「君は何歳だった」「まだ生まれていません」「そうか。若いんだな」

2020年の夏季五輪・パラリンピックが東京に決まって、会話が変わった。

「俺は生きているかな」「だいじょうぶですよ。その時は何歳になるんですか」

1964年の東京五輪の時には中学1年、13歳だった。戦後復興から高度成長時代へ。辺地の離島にも終日、電気が来るようになった。テレビが遅ればせながら普及。「俺たちが生きている間はもう日本では（開催が）ないかもしらんぞ」「そうだよな」

ところが何と、当時入っていた軟式野球部は開会式当日、練習をするという。あきらめきれずに中継を見て、遅れて練習に行くと、ウサギ跳びでグランド1周。上級生は何を考えていたのかと、今でも思い出す。

金メダル16個。しかし強く記憶に残るのは、金ではない。マラソンの円谷《つぶらや》幸吉が国立競技場で英国選手に抜かれながら銅メダルを獲得し、同競技場で初めて日の丸が掲揚されたことと、柔道無差別級で神永昭夫がオランダのヘーシンクに押さえ込まれたことか。円谷はメキシコ五輪前に自殺、背負う日の丸は重かった。

これからの7年間はアッという間だろう。安倍首相が「国際公約」とした福島第一原発の汚染水問題の安全確保は最優先。経済波及効果はすでに3兆円などと言われている。上京するたびに、山手線沿線に拡大する高層ビル群に首が痛くなる。いったい東京に日本の富の何割が集中しているのか。これでまた、一段と加速するのか。願わくば、地方都市、いや疲弊する過疎地にもぜひ波及させてほしい。

あと5年余、生きれば、日本でのオリンピックを2度経験することになる。1度目はテレビで見ただけだが、今度は生のチャンスに恵まれるかな。開催が、東京ではなく他都市であれば、もっとよかった。東京の一極集中はオリンピックで加速していった。高速道路に新幹線など、社会インフラは五輪が契機になり、整備された。これ以上、東京に集中させて、どうするのか。

五輪が決定して、急に地方創生と言い出した。そして解散、総選挙。地方創生に、本当に真面目に取り組むのか。掛け声倒れを心配する。

［ぺんライト］1996年3月31日

ファイト

世界ボクシング評議会（WBC）のヘビー級タイトルマッチをテレビで見た。王座に返り咲いたマイク・タイソンのパンチはテレビで見ても怖い。

六年前の一九九〇年二月、不敗の鉄人と呼ばれ、統一王者だったタイソンは、KO負け。前々回の総選挙の真っ最中。私は久留米支局勤務で、西鉄久留米駅前の選挙取材の帰り、倒れるタイソンを電器店のテレビで見て、信じられなかった。

タイソンの転落とともに、ヘビー級はWBC、WBA、IBFとチャンピオンが乱立、だれが、いつ、チャンピオンだったか分からなくなった。

総選挙は自民が安定多数を獲得した。しかし前回、九三年の総選挙では過半数を取れず、政権の座から滑り落ちた。政党の分裂、統合、議員の変転、さらに政権与党の組み替えもあり、変遷史はヘビー級に劣らない。
　タイソンは今後、王座統一に向けての闘いが予定されている。混とんとした時代だからといって、決して一党が強く、とは思わないが、もう政界にもファイト（総選挙）が必要だ。争点はある。

タイソンは事件を起こして、転落していく。このコラム後の１９９６年６月、タイトルマッチのホリフィールド戦。テレビ中継で見ていたら、ホリフィールドの耳にかみついたのには、驚いた。

１９９６年の総選挙は、小選挙区比例代表並立制になって初めて実施された。福岡総本部社会部で、選挙キャップを務めた。

小選挙区制になって20年近くになるのか、と思う。

取材的には、比例選は別にして、「当」打ち（社内で当選を決めること）は非常に楽になった。１人だけしか当選しないのだから。最後の最後まで競っても、残票を見れば、ほぼ確実に「当」が打てた。それに開票も早く、締め切りまで余裕もできた。

中選挙区制ではこうはいかなかった。最後の１人となって、締め切りは迫るが、さて残票に最後の１議席を競っている複数の候補者に何票あるのか分からない。デスクらは「まだか」「まだか」。「テレビはもう打ったぞ」と迫ってくる。「ウーン」とうなるしかない。

「当」の打ち間違い（処分もの）は、たいていここで無理をすることから、起きる。

まだ大学生だった１９７２年12月の第33回総選挙熊本１区（定数５）。４畳半のアパートでＮＨＫ

の開票速報を見ていた。最後の5議席目がなかなか決まらない。古い話なので、正確な時間は忘れた。決まったのは午前5時過ぎだったと思う。自民新人が僅差で滑り込んだ。朝刊を見ると、自民新人ではなく、自民前職が当選となっている。写真も掲載されている。

入社後、先輩から聞いた話では、熊本市の開票が遅く、残票を勢力関係や開票の得票比率などから、「当」を打った。ところが、残票に当選した新人の票がゴッソリあり、逆転してしまった。裏を取っていない（取れない）のでハッキリしたことは分からないが、新人の票を開票関係者が隠していたと言われている。他社も同様に間違えていた。

福岡、北九州両政令指定都市は、かつては即日開票ではなく、翌日開票だった。中選挙区の時代、両市の票が全くないまま、即日開票の他市町村の票で世論調査や情勢取材をもとに「当」打ちしていた。知人の他紙のK記者は、即日分で「当」を打たずに、表彰されたことがあるという。ということは、ほかは間違って「当」を打っていたのか。

選挙は恐ろしい。

今の開票速報は投票締め切りの午後8時と同時に、ドーンと当選確実が出る。開票は早くて午後9時からだから、まだ開いた票は1票もない。テレビ各局はこれを競っている。速報こそテレビの命でもあるかのように。世論調査、出口調査、さらには政党、陣営取材などに人手と金をかけている。その成果だろうと見ている。当然、開票後も競うから、この時はやっぱり、迫られている「当」打ち担当者がいっぱいいるのだろう。

今回の総選挙（2014年12月）は自公の勝利に終わったが、民主の不戦敗だろう。全選挙区に候補を立てなくて、何が野党第一党だ。まるで政権奪取の気概が見えない。予想外の解散で準備不足。

「常在戦場」はどこに行った。政権を担おうと思うなら、解散は待ってましたではないのか。投票する前から自民が勝つと分かっていた選挙区が多かった。「当」打ちは楽だけれども、これでは選挙民も取材記者も燃えない。

話がそれた。それにしてもプロボクシング中継を見なくなったのはいつごろからだったか。チャンピオンが乱立しだしたころか。それとも亀田兄弟がデビューしたころか。テレビ中継の実況アナウンサーがやたらとうるさいのもある。

同年12月30日、久し振りにテレビで見たWBO世界スーパーフライ級タイトルマッチ。チャンピオンのナルバエス（39歳、アルゼンチン）に井上尚弥（21歳）が挑戦した試合に興奮した。チャンピオンは12度目の防衛戦。43勝1敗2分けの戦績で、KOどころか、ダウンしたことがないという。百戦錬磨で、すでに伝説の男。一方の井上は前WBC世界ライトフライ級王者で、1度防衛した後、タイトルを返上、クラスを2階級上げての初戦、デビューからでも8戦目。

私を含め多くが、軽くあしらわれて終わるのでは、と思っていたのでは。ゴングが鳴ると、どうだ。30秒に右ストレートをガードの上から頭部近くに当て、ダウンを奪う。ラッキーかなと思っていると、さらにダウンを奪う。

井上が2回にもダウンを奪い、ついに最後は左わき腹にフックを打ち込むと、チャンピオンはゆっくり膝を突き、立ち上がれない。こんな試合もあるのだ。テレビの実況も解説も、ゲストでボクシングに詳しい俳優の香川照之も絶叫していた。今後の井上から目が離せない。

（この項敬称略）

【余響】2006年11月9日　前へ

九州場所の初日（12日）が近づいて、やっと朝晩冷え込みだした。白鵬関の骨折は残念だが、九州、特に福岡県のファンは10度目の大関カド番となる魁皇関の成績が心配だ。昨年の同場所もカド番だったが、切り抜けた。ご当所場所だけに、朝青龍関を上手出し投げで、というわけにはいかないのかな。

縁あって、昨年、今年と福岡市中央区の中村部屋の宿舎で、じっくり朝げいこを見る機会に恵まれた。テントに覆われた土俵には、今年も白まわしの関取はいない。昨年の九州場所は幕下陥落中だった須磨ノ富士関が史上最多8度目の十両昇進をしているのだが、出げいこで不在だった。魁皇関の大関カド番も史上最多だが、いずれも胸を張って最多とは言えない記録。しかし、ここは「七転び八起き」とほめたい。昇進後の先場所は8勝7敗。十両定着ではなく、幕内を狙える枚数に上がる成績を残してほしいものだ。

部屋頭のいない土俵で、三段目以下の若い力士の申し合い、「ハッ、ハッ、ハッ」と荒い息づかい、「バシッ、バシッ」と体をたたく音が響く。元関脇富士桜の中村親方が立ちっぱなしで見守る。大柄で有望と思われる力士が下手ひねり（と思う）で相手を倒した直後、「そんなものはしなくていい。前へ出ろ。前へ」と怒声が飛んだ。

宿舎を出て思った。魁皇、そして千代大海の両大関、今場所こそ「前へ」。

【余響】2005年11月17日　もったいない

大相撲九州場所を升席で見る機会に恵まれた。学生だった三十数年前、当時開催されていた福岡市・天神の福岡スポーツセンターの立ち見席以来だ。その時は、土俵がすり鉢の底にあるようで遠く、そこだけが、照明で、えらく明るかった印象しか残っていない。

今回は生の迫力に圧倒された。

頭と頭、体と体がぶつかる音。巨体の横転。玉春日関は車いすで運ばれてしまった。ボクシングを初めてリングサイドで見た時の戦慄《せんりつ》がよみがえった。やっぱり格闘技は大変で恐ろしい。

小、中学校の砂場での取っ組み合い。エネルギーを持てあましていた新人記者時代。警察署前で暇つぶしに、他社の記者と一戦交えたこともある。似て非なるもので、プロはすごいと改めて実感した。

明治生まれの父は、大相撲が大好きだった。柏鵬時代の九州場所か初場所だったか、一緒にこたつに入って見ていたテレビ中継。立ち合いと同時に、身を乗り出し、熱戦になると、歯を食いしばり、こたつを押し出す。「相撲より父ちゃんを見るほうがおもしろいなあ」と母に言ったものだ。1984年の今ごろ。父から九州場所に行きたいと電話があった。警察回りで忙しく、チケットが入手困難なこともあり、「来年ならどうにかなるだろう」と答えた。父はその年末にがんで死んでしまった。

熱戦が続く土俵だが、升席には空が目立つ。もったいない。

相撲は小さいころから好きだった。小学生、それも低学年のころ、初代・若乃花関の版画を彫った記憶がある。しかし、テレビ中継では見ていない。

当時、島内にあった発電所は夜間しか発電していなかった。対岸（現・国東市伊美）から海底ケーブルが引かれ、24時間電気がつくようになったのは、高学年ごろ。そのころ、やっと島の電化が始まった。間もなくして、家にテレビが入った。

中継で見だしたのは、大相撲で言えば大鵬関のころ。「巨人・大鵬・卵焼き」の世代だ。大鵬関は強かったが、相撲は安定したもので、おもしろい相撲ではなかった。

新聞記者になってから、運動部の所属はなく、スポーツ報知では現場取材をほとんどしていない。しかし、テレビ桟敷で、若貴時代までは、まだ見ていた。モンゴル出身の朝青龍が横綱になったころから、だんだん興味が薄れた。

そうした中で、2005年の九州場所（11月場所）で、読売新聞の桟敷席が空いているというので、出かけた。初めての桟敷席だった。貴乃花が引退、バブル経済の崩壊もあって、相撲人気は低迷していた。あれだけ人気を誇り、チケットもなかなか入手できないころを知っているだけに、もったいないと思うとともに、寂しさを感じた。

2010年同場所千秋楽。友人4人と桟敷席に。白鵬関が5連覇を飾った。しかし、魁皇関が勝って12勝目を挙げた時、歓声が一番上がったように憶えている。

今から振り返ると、これが魁皇関の最後の輝きだった。13度のカド番脱出を繰り返した魁皇関は翌2011年の夏（7月）場所途中で、通算、幕内勝ち星の記録を残して、引退した。ハラハラ、ドキドキする力士がいなくなってしまった。

そして、2014年九州場所。退職して暇になり、九州場所はテレビで時々、見た。白鵬関が大鵬関と並ぶ32回目の優勝。期待の稀勢の里は11勝4敗。新関脇の逸ノ城関は勝ち越した。

白鵬関は安定した横綱相撲で強い。それにしても、横綱3人をはじめ、幕内32人のうち10人がモンゴル出身。ほかの外国出身6人を加えると実に半数の16人。国際化と言うより、モンゴル勢に乗っ取られたようだ。逸ノ城、照ノ富士関もモンゴル出身。当分の間、まだまだモンゴル時代が続きそうだ。見ていて、いい相撲をとるのもモンゴル勢。乗っ取られるというより、「国技」を支えていると言った方がいいのかもしれない。

そして、2015年初場所で、白鵬関はついに大鵬関の優勝回数を超えた。

〔西風〕２０１３年４月20日

ルールもプロに

　長嶋茂雄、松井秀喜両氏の国民栄誉賞が正式に決まった。両氏については、当欄で何度か触れた。長嶋氏の受賞について「授与されていないこと自体不思議に思っていた」（王貞治氏）「長嶋さんあっての戦後のプロ野球。当然でしょう」（高木守道氏）「野球界と言えばミスター。遅すぎたぐらい」（星野仙一氏）のコメントに尽きる。半世紀以上のファンとしては、同賞を超えると思っている。

　プロ野球に遅れたが、一昨日から国内で男子プロゴルフツアーも開幕。青葉に囲まれたオールグリーンでのプレーは最高だ。積雪さえなければオールシーズンできるが、この季節が一番だろう。血糖値が上がり、体重を落とそうと始めて10年余。スコアを聞かれると「１１０番」「煩悩（１０８）だ」と答え、「ヘタの横好きとは俺のことか」と考えてしまう。ゴルフは、より少ない打数でカップに入れるか、の単純なスポーツだが、ルールはなかなか煩雑だと改めて思う。

　先の第77回マスターズでは、タイガー・ウッズ選手が池ポチャの打ち直しで、（直前の打った場所の）「できるだけ近く」を2ヤード（1・8メートル）離れて打ったとして、結果的に2打罰。先月末の女子プロゴルフツアーのアクサレディスでは、優勝した堀奈津佳選手が1日目の特別ルールで、スルーザグリーンにある球は無罰で拾って（泥を）拭くことができる（球は元の場所に戻す）というルールを、６インチ（約15センチ）以内なら動かしてもよいと誤解。何度か動かしたが、特別ルールの告知が不十分だったとして、無罰になった。いずれも過少申告で失格との議論もあった。

　仲間内のゴルフはそんなにルールには厳しくないし、知らないことも多い。しかしルールあっての競技。以前、何十年もプレーしている友達はＯＢの数え方を間違えていた。２打罰なのに、打ち直しも数えて結果的に3打罰としていた。大議論になってしまった。もっとも多めに数えるのは悪くないが。

　プロはそうはいかない。２００２年の男子日本オープン3日目のショートで、距離表示が3ヤード違ってもめた。それだけの技量があるということだろう。ルールも「やっぱりプロ」と言われるように身に着けなければ。

［西風］2010年5月21日　勝つしかない

長崎市のパサージュ琴海アイランドGCで開かれた男子プロゴルフツアーの日本プロには、4日間で大会史上最多の3万5000人余のギャラリーが詰めかけた。

大村湾沿いの風光明媚《めいび》なコース、好天、長崎県内での31年ぶりの男子ツアーもあるが、何と言っても、集客の最大要因は石川遼選手。今回は中日クラウンズで18ホール58をマーク後のメジャー。いまだに100が切れない身にとっては、「俺のハーフか」。しかし、勝負の世界は分からない。2日目に、私が連発するOBを何と3発も打ち、予選落ちしようとは。しかし、平日2日間で1万3000人が集まった。

最終日に観戦した。朝早く出かけたが、駐車場からのシャトルバスは満員。臨時トイレには常に行列ができていた。最終組が12ホール終了後、帰途についたが、それでもバスは満員。この日の観衆は1万1000人余。石川選手が決勝に進んでいたら、どうなっていたか。

大ファンの長嶋茂雄読売巨人軍終身名誉監督がデビューして、日本プロ野球が隆盛を迎えたように、沈滞していたプロゴルフは石川選手と宮里藍選手の登場で息を吹き返した。

プロには人気は不可欠とはいえ、時に残酷だ。3月、下関競艇場で開催されたGI女子王座決定戦。成績上位の女子レーサー52人が参加したその開会式。1人1人が紹介され、壇上に並ぶ。熱心なファンは花束などをプレゼント。実力があり、地元出身、若くてチャーミングな魚谷香織選手（25）には贈り物が多く、進行に支障をきたすほど。一方で花一輪なくそれを見つめる選手も少なくなかった。

プロだからやむを得ないのか。勝つしかない。しかし、世の中なかなかそうはいかないから難しい。

ゴルフは最初の宮崎支局勤務（1990年4月—1993年3月）の時、ずいぶん誘われた。ちょうどバブル景気の時代。ゴルフ場建設や計画が各地で進んでいた。「乱開発には与しない」「止まっているボールを打って何が楽しいのか」などと言っては断っていた。テレビのゴルフ中継は見ていたから、嫌いではなかったのだろう。

一段とぜい肉がついて、2回目の宮崎支局。洗心会の大野先生に誘われ、同じく肉が付いていた米良社長も行くからと、2001年9月、佐土原町（現・宮崎市）のハイビスカスゴルフクラブで初めてコースに出た。米良社長も初めて。

大野先生はゴルフの先生。教えは「とにかくクラブを持って走れ、走れ」。止まっている球が当たらない。当たれば、どこに行くか分からない。やっとグリーン近くにたどり着いても、なかなかのらない、パットをすれば、カップから遠くなる……。コースはOBが少なく、本当によく走った。くたびれて、終わったら風呂で浮いていた。スコアは200を超えていた。最初のスコアを聞かれて話すと、「よく、そこまで数えましたね」とほめられたのか、バカにされているのか分からない返事をされる。

米良社長は少なくとも私よりはスコアはよかった。平日で空いていたから、ほかのお客さんには迷惑をかけなかった。キャディさんは大変だったのだろう。米良社長は後日、お礼をしていた。

米良社長は見切りをつけた。私ははまって、今日に至っている。

始めて、すでに13年は過ぎている。恥ずかしいことは数えきれない。同コースで第1打が、例によってスライスし、隣のコースのラフに。走って行って、慌てて打つと、隣のコースのキャディさんが「ギャー」。「あなたのボールですか」と叫ぶ。少し手前にあるボールを見ると、私のボール。平身低頭して、打ったボールを走って取りに行き、戻して、自分のボールを打つ。誤球じゃ済まない。

大野先生主催のコンペ。組み合わせを見れば、大野先生や地元銀行の頭取らと一緒の組で、最初のスタート。参加者全員が見守る中で、気合いを入れてドライバーを振ると、なんとすぐそばのヤブに入り、OB。笑ってくれればいいのに、シーン。穴があったら入りたかった。この日は風呂場で頭取からスイングの指導までしてもらった。もちろん何も身につけてはいなかった。

会社の同僚4人（とにかく新聞記者は揃いも揃ってヘタ）でスタートを待っていると、先にスタート予定の若いグループがお先にどうぞと勧める。ご厚意に甘えて打つと、3人がOBで、1人はチョロ。若者グループは後で大笑いしたことだろう。

すでに100を切ったこともある2013年冬。初任地の山口支局時代の西日本新聞（現役）、中国新聞（OB）の友人との恒例の集まり。久山カントリー倶楽部（福岡県久山町）の池が前に広がるショートで4人が4人とも池に入れた。プレーイング3か4地点で順次、打っていると、後続の組が来た。彼らも笑っていただろう。他社の記者もヘタだ。

まだまだあるが、割愛。

大野先生が最初、「走れ、走れ」ではなく、技術的なことを教えてくれていたら、上手になっていたのでは、と自分の運動神経のなさと練習しないのを棚に上げて、思わないわけではない。私も初心者には、そう教えようと思う。しかし、ヘタが周知されており、教えてくれと言う人がいない。

閑話休題。2014年の男子プロゴルフは、小田孔明選手が賞金王となり、松山英樹選手が米ツアーで1勝したのはうれしかった。賞金王争いも同じ福岡県出身の藤田寛之選手との争いというのもよかった。

２０１４年8月、ＫＢＣオーガスタゴルフトーナメント（福岡県糸島市、芥屋ゴルフ倶楽部）最終日は見に行った。プレーオフ5回目で藤田選手が優勝した。第1打を見て、第2打地点に行き、さらにパットが眺められる地点に移動し、を繰り返した。藤田選手のドライバーショットが5回とも飛距離がほぼ同じだったのには、やはりプロは違うと感心した。りきむということはないのか。

藤田選手にもう少し飛距離があれば、米国に行っても戦えるのにな、と思う。その点、小田選手は飛距離はある。２０１５年は外国に行く機会も増える。期待している。

女子プロは、男子に比べ経費が安く、有力新人の輩出で、トーナメントも増えている。しかし、２０１４年の賞金ランキング4位までが外国勢。横峯さくら選手も２０１５年は米国に渡った。日本人選手がよほど奮起しないと、人気の持続はむずかしいのではないか。

II

旅

［西風］２０１３年８月31日　**台湾**

月遅れのお盆休暇を利用して、14日から4泊5日で、台湾旅行に出かけた。旅行社の手配したバスを中心に、新幹線、在来線に乗って駆け足で1周した。

2日目がちょうど終戦記念日。東日本大震災の義援金などで、台湾の対日感情が良いことは知っていた。しかし、かつて日本の植民地であったことから、それなりの動きがあるのではと思っていた。点と線の旅行なので、捜せばそれなりの催しはあったのだろうが、中国（大陸）からの観光客に訴えていると思われる法輪功関係の街頭活動はあったものの、太平洋戦争関係は目にしなかった。現地の新聞をつたない漢文の知識で見たが、16日付で安倍首相から全国戦没者追悼式で「反省」の言葉がなかったことを伝えているだけだった。

逆に、60歳を超えた同年配の台湾人ガイドが日本を褒めあげるのに恐縮してしまった。新幹線に乗れば、日本の技術はすばらしい。在来線では、日本が（戦前）敷設した。西南部の平野地帯を走っている時は、もともと雨が少ない地域で（戦前）日本がダムやかんがい施設を建設した。お陰で大穀倉地帯となり、食糧は自給できているなどなど。

教育制度も含め、台湾のインフラ整備に多大の貢献をし、それが、戦後のテイクオフにつながった側面はあるにしても。

さらに、客だから、土産物店に行くからといっても、持ち上げすぎだろう。
台湾は、島外から来た人たちに長年支配され、かつ戦後、白色テロの歴史を持っているが、植民地統治であったことには変わりはない。ガイドの説明はありがたいものだったが、最近映画化された「霧社《むしゃ》事件」など、統治には暗部も少なくない。戦争にかり出されてもいる。忘れてはならないと肝に銘じた。

台湾はこの後、2014年正月にも訪れ、台北に3泊した。3度目の台湾旅行。前2回が駆け足の旅だったこともあり、台北市内をゆっくり歩いてみたいと思った。もちろん前の旅行の印象がよかったこともある。ホテルが全館禁煙で、喫煙のたびに、靴を履いて館外に出なければならないこと以外は、いい旅だった。

地下鉄のカードを購入、地図を見て、散策、見学を繰り返した。台鉄（台湾の国有鉄道）で基隆など郊外にも足を延ばした。基隆も含め、日本統治時代の建造物が今も現役で使用されていることが、一番印象に残った。

その代表は赤レンガの旧台湾総督府で、現総統府だろう。今でも総統が執務しており、米国で言えばホワイトハウスか。近くを歩いていると、旅行者が「中に入れる」と話している。まさか見学できるとは思わなかっただけに、後ろをついて行った。パスポートを提示し、セキュリティーチェックを受けて1階部分を見学。日本語のガイドが案内してくれる。日本統治のことも話すが、霧社事件には触れなかった。

総統府を出て、近くの公園「二二八和平公園」へ。太平洋戦争で日本敗北後の1947年2、3月、大陸から進駐した国民党の圧政に台湾人（本省人）が反発。国民党は武力鎮圧で、3万人近い台湾人を殺害、鎮圧した。これを二二八事件と呼び、国民党政権は以後40年間、触れることをタブーとし、書くことも語ることも禁じてきた（伊藤潔著「台湾――四百年の歴史と展望」中公新書）。公園内には、国立台湾博物館もある。これも戦前の建造物。

さらに、道路を隔ててある赤レンガの建物は台湾大学付属医院。最初は病院と分からず、玄関に行くと病院だった。戦前のものだが、道路をさらに一つ隔てると高層の付属病院が建っており、歴史的建造物を残そうとの気持ちが伝わってくる。ほかにも多く、基隆でも同様で、戦前の建造物は日本以上に残っているのではと思った。韓国とはえらい違いだ。

基隆では、小高い丘に観音像のある中正公園に登ったが、かつては神社だったらしい。さすがに神社の建物は残さなかったようだ。

見下ろす基隆港は、敗戦後、多くの日本人が引き揚げた港。もうすでに亡くなった台湾からの引揚者に「台湾からの引き揚げは楽だった」と聞いたことを思い出した。

〔西風〕２０１３年８月３日　**富士山**

世界文化遺産に登録された「富士山」。九州・山口エリアで生まれ、生活してきた者にとっては身近な山ではない。しかし、古くからの文芸や北斎の浮世絵、横山大観らの多くの絵画などで、最も知っている気分になる山だ。上京の際、航空機や新幹線から見えたら喜び、見えないと何となく損をした気になる。こんなことを繰り返している。

「足を地につけて眺めたい」と、２０１１年１月末に箱根観光に出かけた。箱根ロープウェイで大涌《おおわく》谷《だに》に向かう途中、富士山が姿を現した。そして、大涌谷、芦ノ湖の遊覧船、旧街道杉並木、それぞれから眺め続けた。宿泊した東京のホテル、羽田空港へのモノレールからも見え、感激し、得をした気分だった。

先週、上京の機会があり、東京に住む娘2人と「世界遺産・富士山フリー乗車券」で山梨県・河口湖に。富士急行の車内案内では「ここから富士山が見えるのですが」。河口湖を歩いても、ロープウェイで天上公園に登っても隠れたまま。やっぱり夏はダメか。午後6時過ぎ、うっすらシルエットが望めた。

翌早朝も姿を隠したまま。5時過ぎから散歩に出かけると、少しの間、前日より、くっきりと全容を見せた。河口湖越しはなかなか立派だ。早起きは三文の徳。

路線バスで富士山5合目へ。（日曜日の）午前9時過ぎ、広場は座り込んだ登山客であふれていた。カップルの若い男性に聞くと「前日の午後7時半ごろバスで来て、登り、下りてきたところだ。残念ながらご来光は拝めなかった」と疲れた表情。登山口からは陸続と下山してくる。まるで新宿の雑踏並みだ。環境省によると、遺産登録などで、前年より登山客は35％増という。

福岡に帰り、出社したら、大手広告会社から、恒例の「静岡富士山頂」消印の暑中見舞いが届いていた。昨夏よりありがたみを感じた。

環境省が富士山8合目に設置したセンサーによる調査では、２０１３年（7月1日－8月31日）の登山者は31万人。２０１２年の同期の31万８０００人と結果的には変わらなかった。２０１４年は7月１日－9月14日で、28万５０００人。減少したのは残雪が多く登山道の開通が遅れたためと、梅雨明けが遅く、さらに台風の影響で週末やお盆が悪天候だったためとしている。

富士山は高いだけでなく裾野も広い。まだ三保の松原など静岡県側から見ていない。山梨県側でも、ほんの少し触れただけだ。もう1、2回は訪ねたい。

２０１５年1月、上京して宿泊したホテルのレストランに朝食に行くと、富士山を眺めながらの食事は初めて。ありがたかった。午後、スカイツリーに登ったが、隠れたまま。冬の朝が一番なのかな。

[西風] 2013年5月12日　**ホーチミン**

聞きしにまさるとはこのことか。ベトナム・ホーチミン市（旧サイゴン）はバイクの洪水だった。

連休を利用して、飲み友達ら一行8人で初めて訪れた。空港を一歩出ると道路という道路に排気、クラクションの騒音とともにバイクの群れが移動している。バイク、バイク、バイクだ。滞在中、毎朝散歩したが、横断歩道でも止まってくれず、横断は、おおげさでなく決死の覚悟がいった。

鉄道など交通インフラが未整備のためだが、その数の多さと中心部のホテルなど、建築中も含めた高層ビルにベトナム経済の発展を感じる。ベトナム戦争が終結して、38年。「ベトナム戦記」（朝日文庫）を著した開高健、「サイゴンのいちばん長い日」（文春文庫）の近藤紘一らが宿泊した、フランス植民地時代からある瀟洒なマジェスティックホテは、新しいビル群に埋没して目立たない。

市内の最大の観光スポットは旧大統領官邸だろう。当時のまま残され、統一会堂と名前を変えて一般に公開されている。日曜日とあって内外から多くの観光客が詰めかけていた。戦時の官邸だけに、地下は非常時の作戦室となっていたが、それほど立派な建物とも思えない。

1975年4月30日、鉄柵を組み敷いて突入するタンクの写真が全世界に配信されたが、そのタンク2台が庭に展示されている。庭には赤旗16本も揺らぎ、共産党一党独裁の社会主義国であることを思い起こした。

市内には多くの博物館があり、庭には戦争当時の戦闘機、ヘリ、タンクなどを展示している。ベトナム戦争を感じるのはこの種の施設に限られる。そのひとつの戦争証跡博物館。第1次インドシナ戦争から現在までの写真などを展示。ロバート・キャパの最後のもの、沢田教一のピュリツァー賞のものもある。最もショックで胸が詰まるのは、米軍の枯葉剤作戦によるといわれる障害児、胎児の写真の数々。説明文には2000年代になっても見られるとあった。

　ホテルから眺めたサイゴン川はホテイアオイが潮の干満で上、下流にゆったり流れ、青空に入道雲が浮かぶ、のどかな南国の景色だったが、戦争の傷はまだ深い。


　今、40歳前の長女が中学生の時だったか、ベトナム戦争が教科書に載っていると聞き、驚いたことがある。それはまだ歴史ではなく、現在のことではないのか、と思ったからだ。さすがに今は歴史となった。

　ベトナム戦争が激しく、べ平連（ベトナムに平和を！市民連合）の活動が華やかなりしころに思春期から大学生生活を送った。米原子力空母「エンタープライズ」が佐世保に入港、平瀬橋で機動隊と全学連が激突した1968年は、片田舎で高校生だった。下校途中、松林に隠れるように、大学生だった高校ＯＢが反戦ビラを配っていた。

　紆余曲折を経て米国は負け、ベトナムは統一された。そのころにはすでに社会人となり、読売新聞西部本社に採用され、山口支局で新聞記者となっていた。長崎支局に転任したら、同県内にもボートピープルが流れ着いてきていた。ベトコン（南ベトナム開放民族戦線）は結局、北ベトナムの手先であり、別働隊だったのか、などと思った。

　旅行中、ベトナムは、今は産油国であることを知った。若い男性のガイドは中国のことをよくは言っていなかった。反中国感情は、共産党一党独裁下でもデモが起きるぐらいだから、さらにひどくなっているようだ。

中国と国境を接し、紀元前から約1000年にわたって中国支配を受け、その後、15世紀にも一時、支配された歴史を持っている。ベトナム戦争後もカンボジアをめぐり、中越紛争が起きている。南沙、西沙両諸島の領有権問題。近年、中国が飛行場の建設などで、強引に既成事実化を図るなど、デモが起きるのは、考えれば当たり前ではある。

2015年に年が改まっても、依然、中国の公船が尖閣諸島の接続水域に入り、時には領海侵犯を繰り返している。似たような構図であり、中国の方針だろう。困ったものだ。

[西風] 2012年6月10日　金環日食

還暦を過ぎたら「後○年は見られない」に弱くなった。国内では「18年後、北海道で」と聞いて、もう生きていないと、5月21日の金環日食を見に鹿児島市に出かけた。休みを取り、前泊。前日から雨模様で、おまけに灰まで降っていた。朝起きるとやっぱり小雨で、黒い灰が街路を覆っている。

ホテルから30分歩いて、東側に桜島がドーンと見えるウォーターフロントパークに午前6時20分ごろ到着。しかし、桜島の上半分は雲に隠れ、空には黒い雲（灰だったのか）。徐々に人は集まるが、太陽はまったく見えない。近くの商業施設がカウントダウンを始める。だんだん薄暗くなる。7時20分過ぎ、「今、金環日食になりました」とアナウンスがあったものの、空は雲ばかり。

少しして、わずかにできた雲の切れ間からリングが半分ほど見えた。「ウオー」と歓声が上がった。ほんの数秒だった。見えたのが、奇跡に近いと思った。雨にぬれ、ホテルに帰ったが、頭は灰でザラザラしていた。

そして、今月6日の金星の太陽面通過。今度は、世界でも次は、なんと105年後。幸い自宅マンションのベランダから朝日は見える。早く起きた。天気はいい。NHKのニュースが始まったと伝える。大事に残していた観察用メガネで見るが、全然見えない。「（近眼の）メガネをしてないからかな」と思ってかけても見えない。「年だ」とガッカリ。

出勤のためマンションを出ると、カメラで撮影している人がいる。「見えますか」「見えますよ」。厚かましくも「チョッとのぞかせてください」とお願いして見ると、小さい黒い点が見えた。よかった。

8月14日未明には、金星食。天気もだが、飲んでダウンしていないか、肉眼で見えるかが問題だ。


鹿児島市は、長い間、訪れる機会がなかった。読売新聞宮崎支局に最初に勤務していた時、鹿児島支局次席が異動すると聞いて、1990年ごろ、あいさつに行ったのが最初だ。高速道を降り市内に入って行くと、桜島がドーンと見えたのに感激した。

鹿児島の勤務は結局、なかったが、その後、出張や遊びで何度も訪れた。何回見ても桜島はいい。さらに、この同じ景色を西郷隆盛ら幕末の志士らが眺めて育ったかと思うと、より一層、感動する。しかし、降灰はいけない。金環日食の日は新幹線のダイヤは乱れ、雨が上がると、街が灰色になってしまった。旅行者だからいいものの、住んでいる人はたまったものではない。

［西風］ 2010年4月5日 **熊本城**

熊本城が人気だ。2006年度の入園者99万人が、第1期復元工事が完了し本丸御殿が公開された08年度は222万人を数え、09年度も171万人。

大学生活4年間を熊本で過ごし、友達が来れば天守閣に登っていた。卒業後36年間、入園することもなかった。

昨年2度訪れた。学生時代の感謝も込めて、「一口城主」に加えてもらい、先ほど立派な「城主手形」も届いた。

復元されたのは本丸御殿だけではなく、南大手門、飯田丸五階櫓《やぐら》、さらに3つの櫓。城郭は広がり、景色が変わっていた。かつては何を見ていたのかと反省、良さを再認識。修理を重ねて今に残る宇土櫓（重文）に初めて登った。天守閣のそばにあり、小さく見えるが、多くの城の天守閣並みの規模だ。さらに、「武者返し」と呼ばれる立派な石垣。

　特に、異なる年代、工法で築かれたものが並ぶ「二様の石垣」越しに見る天守閣は絶景だ。姫路城は太平洋戦争で焼失せず、残っただけでも奇跡で、国宝、世界遺産の価値はあるが、石垣は熊本城の圧勝だろう。

　維新後、神風連の乱、西南の役の舞台となり、西南の役では、その堅牢《けんろう》さで包囲した西郷軍を阻んだ。西郷軍が鹿児島を出発後、到着前に本丸から出火して、大小天守閣などを焼失した。原因は西郷軍に味方する放火説、政府軍の自焼説、単なる失火説など。

　乃木希典と児玉源太郎の軌跡を描いた古川薫氏の小説「斜陽に立つ」（毎日新聞社）では、断定していないが、籠城《ろうじょう》戦に備え、鎮台参謀副長だった児玉の策と強くにおわせている。

　自焼説を否定するものとして、籠城用の米が焼けたとの記録があり、そこまでリスクを冒すかとの見方もあった。しかし、復元に伴う発掘では、焼けて炭化した米は発見されなかった（「熊本城みてある記」熊本市）という。

　城域は98㌶と広い。西端の藤崎台球場の中堅裏にはクスの巨木群（国天然記念物）が茂っている。若葉のころ、また訪ねたい。

　熊本城は、その後も出張や友人らとの飲み会などで訪れるたびに、仰ぎ見ている。さらに散歩で、周囲を歩き回っている。多くの城郭や城跡の中で、一番愛着がある。

　クスの巨木群は何度見ても圧倒される。藤崎台球場の中堅スタンドに張り出しているのをそのままにしているのもいい。九州新幹線が全線開通、巨木群から新幹線がよく見える。

　南北朝以来、築かれた城は4万に及ぶと言われている。天守のある近世城郭はそのごく一部ということになる。それでも数百と言われ、何でも見てやろうと思っていても、行ったり、見たりした城は１００にはならない。

２００９年9月には、姫路城が修復のため当分の間、その雄姿が見られなくなるというので行った。当時高速道路はどこまで走っても１０００円。これを利用しないのは損だという気持ちもあり、車でだった。遠かった。この弾丸の城見物については、友人らは誰もうらやましがらなかった。

現存する天守は姫路城など12城。北は青森県・弘前城から南は高知県・高知城まで。見たのは、そのうち7城。それも福井県・丸岡城はタクシーの中から。島根県・松江城は数回行った。しかし、早朝で城内には入れず、その周囲を歩き回っただけだ。これでは城郭ファンとは言えない。そのうち、制覇しようと思っている。

城、城跡の魅力は多彩だ。熊本城は城内にクスの巨木が多く、それを見上げ、触るだけでも楽しい。さらに福岡城跡など多くが桜の名所だ。読売新聞福岡総局・総本部、さらに現在の西部本社は福岡城跡のお濠端にあり、毎年、何らかの花見をしてきた。樹勢のいいソメイヨシノが多いのではないかと推察している。散り始めのころ、夕日がお濠に差し込む時は絶景だ。30代のころ、花見で酔って、お濠に落ちたことがある。どういう経緯で落ちたのかは、当時からハッキリしない。気づいたら落ちており、足が底に届かないから、少し泳ぎ、岸に上がり、命拾いした。

桜と言えば、弘前城。大型連休の時は、必ず全国ニュースになる。訪れたのが夏だったので、残念ながら葉桜。あれは枝垂桜なのか。見たこともない大きな枝が下がっていた。満開の時に行きたい。さらに、本丸からの岩木山の眺めがすばらしく、天守は「宇土櫓の方が大きいのでは」と思ったりして、弘前の人には申し訳ないのだが、あまり感動しなかった。

大分県竹田市の岡城は滝廉太郎が「荒城の月」の作曲をする時イメージしたことで知られる。福島県・会津若松城を訪れた時には、作詩の土井晩翠は同城をイメージしてとあった。しかし、別な資料では仙台市の仙台城とあった。会津若松城のほうが合うが。同城の天守は復元されており、今となっては、岡城の方が印象に近い。岡城は高い石垣が残っており、それに柵もないのが珍しい。「落ちたら死ぬな」と思ったが、柵を巡らすのも不粋ではある。

最近、『日本名城伝』（海音寺潮五郎）を読んだ。南は熊本城から、北は北海道・五稜郭まで12城を取り上げ、それぞれの城にまつわる話を著している。海音寺が何らかの基準で「名城」を選んだのではなく、「岐阜城主はただ1人を除いてすべて非業の死をとげている」「姫路城には女のからんだ秘話が多い」など12城にまつわるエピソードを紹介している。同書で取り上げられ、まだ訪れていない岐阜城、小田原城、五稜郭は、見学する時の楽しみが増えた。

同書の帯に「城に歴史あり」とある。城巡りは、遺構や復元など城そのものが興味深いのはもちろん、城主の変遷、その地域の歴史までも知ることであり、おもしろい。

〔西風〕2010年1月22日　**南洲翁遺訓**

念願の東北旅行を昨夏、果たした。藤沢周平ファンとしては、「海坂藩《うなさか》」のモデルの荘内藩や鶴岡城下を1度は見てみたかった。山形県だけにしておけばいいものを、せっかくだからと、福島県を除く、東北5県を4泊5日の日程で、レンタカーで1周。走行距離は1000キロを超え、観光というよりドライブだった。

疲れたが、車のよい点は行きたいところに行けること。藤沢が鶴岡に帰るたびに定宿とした湯田川温泉の「久兵衛旅館」に日帰り入浴、湯田川小に教え子が建立した碑にもしっかり立ち寄れた。

　さらに、鶴岡から酒田市に向かう途中、「南洲神社」の看板で、「そうだった」と予定を変更して訪ねた。荘内藩士・菅実秀《すがさねひで》と対座する西郷像もさることながら、神社を運営する財団法人・荘内南洲会編の「南洲翁遺訓」が平積みされ、無料頒布されていたことには驚いた。

　荘内と西郷との結びつきは酒田出身の評論家佐高信氏の「西郷隆盛伝説」（角川学芸出版）に詳しい。荘内藩は、戊辰戦争の降伏に際して、寛大な処置を受けた。それが西郷の指示と言われ、その後、前藩主らが鹿児島に留学するなど、西郷への敬愛は誠に深かった。西南の役では留学生2人が西郷軍に参加、戦死している。

　「遺訓」は、西郷の謦咳《けいがい》に接した旧藩士らが筆記していたものを菅らがまとめ、1890年（明治23）に刊行、全国行脚し、配布した。その後も敬慕する人は絶えず、1975年（昭和50）に荘内南洲会を長谷川信夫がつくり、翌年神社を創建。長谷川は遺訓が収められている岩波文庫「西郷南洲遺訓」を私費で希望者に贈呈。その数2万5000部にのぼったという。同会編は長谷川の遺志を継いだものだった。

　岩波文庫版は1939年（昭和14）発行、現在57刷とロングセラーだ。遺訓からひとつ。「命もいらず、名もいらず、官位も金もいらぬ人は、仕末（ママ）に困るもの也」。こういう人でないと国家の大業はできないと教えている。

〔西風〕　2009年12月19日

墓地巡り

　久しぶりに長崎市に行った。思案橋から寺町を通り、急坂の小道の「龍馬通り」を登り、夏に開館した亀山社中記念館を経て、風《かざ》頭《がしら》公園の龍馬像まで歩いた。来年NHKの大河ドラマが長崎市出身の福山雅治主演の「龍馬伝」のためか、中高年の団体客や若いカップルら多くの人でにぎわっていた。龍馬像の前で写真を撮られるほとんどの人が像と同じポーズで腕組みするのがおかしかった。

像のすぐ下段には、わが国最初期の写真館を開いた上野彦馬の墓があったが、だれも降りては来なかった。もったいない。

　機会に恵まれれば墓地をよく訪れる。きっかけは6年前、京都・二尊院の時雨亭跡の帰り、阪東妻三郎らの墓を見たことから。名前しか知らないのに、身近に感じられた。

　東京の霊園・墓地は著名人だらけ。最近、公然わいせつ容疑で家宅捜索を受けた篠山紀信氏の写真集「20xx TOKYO」の撮影地のひとつ青山霊園。近現代史に登場する各界の人がずらり。印象的だったのは金解禁で有名な元首相の浜口雄幸と妻の夏の墓碑だ。同じ大きさ、形の墓が仲良く並んでいた。

　谷中霊園、雑司ヶ谷霊園には地図が用意され、雑司ヶ谷はイラスト付きで豊島区文化観光課の発行。谷中では画家の横山大観の隣が鳩山首相の鳩山家のものだった。訪れたのは2年前で、まだ首相ではなかったが、生花が飾られていた。

　訪れた中で圧巻は「天空の宗教都市」高野山の奥の院前に広がる霊園。一の橋から弘法大師廟まで、墓碑、供養塔が何と20万基。織田信長、明智光秀、親鸞、法然ら歴史上の人物から現代の企業、団体の供養塔が林立。中でも江戸時代の諸大名のものが目立つ。傾いたり、コケや杉の落ち葉に覆われたりしたものも少なくない。圧倒されたが、諸行無常という言葉が浮かんだ。

墓地、墓見学は断続的に続けている。２０１３年７月末、京王井の頭線・吉祥寺駅で降りて、雨の中を延々と歩いた。最終目的地は森鷗外の墓のある三鷹市の禅林寺。小説などでは読んだことはあるが、初めて踏む土地。

　井の頭公園をブラブラしていたら三鷹の森ジブリ美術館の案内板。ついでに寄ろうと思ったが、休館日だった。さらに進んで、玉川上水沿いの歩道を行くと山本有三記念館。これも休館。洋風建築で、山本が１９３６年から１９４６年まで居住していたという。

玉川上水は両岸からの樹木に覆われており、いい散歩道だ。流れは太宰治（1909－1948年）が愛人と飛び込んだ時は速かったというが、水量もそう多くなく、今は入水自殺はできないだろう。

禅林寺入口には、森鷗外（1862－1922年）の「余ハ石見人森林太郎トシテ死セント欲ス」などと刻まれた遺言の石碑が置かれている。案内板に従って墓地に。「墓ハ森林太郎墓ノ外一字モホル可ラス」との遺言の通り、「森林太郎墓」がある。狭い通路を挟んだ斜め前は「太宰治」とのみ刻まれた太宰の墓があった。ここに来るまで、同じ墓地とは知らなかった。

森、太宰とも少しは読んでいる。森の作品は墓にお参りした後も改めて何作品か読んだが、ファンになることはない。太宰は学生時代、友達も含め女子大生に相当な人気があった。彼女たちはお参りしたかな。「広辞苑」にも載る「桜桃忌」はこの墓前で開かれるという。

結局この日は3万歩を超え、ズボンもシャツも汗でビショビショになってしまった。

「東京は日本一の観光地である」とは、何かで読んだか、聞いたか。本当にそう思う。400年余の政治経済の中心であり続けていることから、当然と言えば当然か。住んだことがないから、余計、そう思うのかもしれない。今となっては住もうとは思わないが、ウイークリーマンションを借りて何週間か滞在し、歩き回るといいなとよく思う。その結果、上京するたびに、墓地に限らず、あちこちを歩き回っている。

宿泊場所を変え、その近くを早起きして、歩く。さらに時間があれば、網の目のように走る地下鉄やJR、私鉄を利用して目指す地点まで行き、ブラブラする。歩くたびに発見がある。地図類は必携。地下鉄ガイドから始まり、都市図などなど。この煩雑さを考えると、スマホは全てがまかなえると聞いており、便利だなと思う。しかし、扱えそうにないので、いまだに持っていない。電車の乗り換えにも頭を悩ます。しかしカード、それも福岡で使っているカードでも利用できるようになり、移動の悩みが随分減った。

禅林寺を訪れた数日前、東京駅の丸の内口前で炎天下、数十人が集まっている。「何かあるのですか」と聞くと「天皇、皇后両陛下がお通りになる」と言う。私も汗をふきふき、30分ぐらい待った。先導や警護の白バイやパトカーが集まってきた。そして両陛下が赤絨毯を歩いてお出ましになり、車に乗り込んだ。暑いのに、わざわざ窓を開け、頭を下げられ、手を振られ、恐縮してしまった。両陛下も大変だと本当に思った。帰りに、出られた所を見ると、もう閉められていた。両陛下専用か、皇室専用かの出入り口らしい。しかし、ラッキーだった。

東京のことは、日々、新聞、テレビ、雑誌、映画などあらゆる媒体で取り上げられる。ガイド本を読まなくてもいいほどだ。かつてはよく読んでいた。嵐山光三郎氏が好きで、氏の『東京旅行記』（知恵の森文庫）は、山頭火をくさす部分は気に入らないが、歩き回るのに合う本だ。飲み食いが必ず出てくるところがおもしろい。掲載されたウナギ屋とソバ屋に行ったが、おいしくない。醤油からいだけだ。

東京から九州に来た人が、醤油が甘い、おいしいソバがないと、ある種の優越感を持って言うのを聞いてきた。その裏返しで味覚が違うのだろう。もっとも、砂糖が高価だった江戸時代は甘い方に価値があったのだが。それにしても東京の人はソバについて何であんなに講釈を垂れるのか。あちらの方が、発信力があるからか。最近では、九州でも講釈を垂れるのが多くなってきた。

「違うだろう」

話が横道にそれた。旅、旅行はやっぱりいい。馬齢を重ねて時間と少し余裕ができて、やっとすることができるようになった。そしていつも思う。若い時だったらもっとよかったのに、と。それでも、取り戻すように続ける。中高年になっても発見はある。

【余響】2006年7月29日　**正倉院展**

　福岡県前原市の平原方形周溝墓出土品が国宝に指定されたのを機に、現地と出土品を展示している伊都国歴史博物館に出かけた。発掘した考古学者の原田大六とともに、あまりに有名だが、見るのは初めて。勾玉《まがたま》、管玉《くだたま》など副葬品の多さや「内行花文鏡」の大きさに圧倒された。銅鏡の直径は46・5センチと言われてもぴんと来ないが、実物は重量感とともに迫ってくる。出土したその土地で遺物に接するのは、やはりいいと改めて思った。

　正倉院展が今年も10月24日から、奈良国立博物館で開かれることが決まった。昨年11月、第57回展を初めて見学した時のこと。前夜立ち寄った居酒屋で「明日は日曜日なので、混みますよ」と言われ、開館約30分前に行ったが、すでに長蛇の列。らでんの鏡、聖武天皇の愛品の碁盤など、人気の宝物はじっくり鑑賞とはいかなかった。博物館を出て、雨の中、東大寺、正倉院を回り、平城京から1200年以上の時を経た宝物の価値をさらに感じた。

　今年は68件を公開。献納リスト「国家珍宝帳」が、巻全体（15メートル）が読める状態で展示される。長さの実感は、墨痕は…。関連イベントとして、福岡市でも8月19日、「正倉院フォーラム2006福岡」が開かれる。楽しみだ。

正倉院展は毎年、行きたいと思いながら、結局、この1回だけだ。奈良にはその後、2008年4月に旅行し、法隆寺、長谷寺、室生寺などを回った。室生寺は、私には写真家・土門拳（1909－

1990年）の「雪の鐙坂《あぶみ》 金堂見上げ」の作品の印象が強い。訪れた時は鐙坂の石段の両側はシャクナゲが咲き始めており、それはそれで、すばらしい景観になっていた。小さく、かわいい五重塔を経て、奥の院まで登ったが、けっこうきつかった。

雪景色はよほど運が強くなければ、見ることができない。春の桜、秋の紅葉も土門の『女人高野室生寺』（『土門拳全集5』小学館）を見るとよさそうなので、次は秋に訪ねてみたい。

［ぷりずむ］1992年5月11日 **西都原古墳群**

西都原古墳群が好きだ。取材で近くに行けばどうしても寄ってしまう。資料的価値はよく分からないが、吉野ケ里（佐賀県）よりは雰囲気はいい。古墳では鬼の窟《いわや》古墳、男狭穂《おさほ》塚、女狭穂《めさほ》塚が有名だが、記者は姫塚が好きだ。典型的な前方後円墳。濠《ごう》も付き、形もハッキリしている。後円部の直径が二十八・四㍍と小さいため、前方後円墳であることが一目で分かるのがいい。

と言うのも、前方後円墳は女狭穂塚がそうであるように、大きすぎて地上からは形が分かりにくく、小さいのは形がハッキリしないのが多いからだ。先日、高校生と小学生の娘を連れて行ったが、歴史（日本史）の授業がちょうど古墳時代とあって「ハッキリ分かる」と喜んでいた。

しかし、資料館にはがっかりさせられる。展示品のうち古墳群から発掘された国の重要文化財の舟形埴輪《はにわ》、子持家形埴輪は複製。本物は東京国立博物館が所蔵している。エジプトの発掘資料の多くを大英博物館が所蔵しているように、歴史的経緯はあると思うが、現地にないというのは釈然としない。県は先の県議会で「大正年間から発掘が行われていない古墳群の発掘と資料の県内展示のためには県民運動が必要」と答弁した。早急に運動が起き、盛り上がって欲しい。

資料館は２００４年、県立西都原考古博物館として、拡充、整備されている。まだ訪れていない。舟形埴輪などは戻ってきていない。また、宮内庁陵墓参考地となっている男狭穂塚、女狭穂塚はレーダー調査が実施されたが、発掘まで至っていない。出土品も陵墓参考地の発掘も、依然として変わっていない。

十数年前訪れた時は、春のポカポカ陽気で、古墳近くの草むらで横になり眠ってしまったこともあった。古墳群に隣接して２０００本の桜並木と数十万本の菜の花畑があり、同時に開花する。絶景だ。日南海岸、高千穂峡など宮崎県内には多くの景勝地がある。日向灘から昇る朝日を見るだけでもウキウキする。たったひとつ、どこがお薦めかと聞かれれば、西都原古墳群と答える。春が一番だが、ほかの季節も心が弾む。

自動車道

［西風］2014年4月7日　**宮崎－大分の観光ルートを**

東九州自動車道の宮崎県内の北浦－須美江間（6・4キロ）、日向－都農《つの》間（20キロ）が先月立て続けに開通、大分県佐伯市蒲江から宮崎市の清武南間137キロがついにつながった。先月末、宮崎市のUMKカントリークラブで行われたアクサレディスゴルフトーナメント観戦の帰り、西都市の西都ICから蒲江ICまで北上した。

もちろん初めて走る。広がる農業・畜産地帯を切り開いて進む。開通したばかりの都農－日向間は、アスファルトはあくまで黒く、ガードレールも真新しい。トンネルの天井、壁は真っ白だ。左手の山々が所々白っぽいのは山桜だ。佐伯市中心部まで2時間余。早い。

その日は同市に初めて宿泊、評判のすし店へ。鳥羽一郎の「男の港」で知られる鶴御崎は、今は同市内。豊後水道は九州でも屈指の好漁場。地場産の新鮮、多種類の魚介類をネタに「世界一　佐伯寿司」ののれんがかかる。握りずしを食べた。食通ではないので世界一かどうかは分からないが、確かにおいしい。値段も手頃だ。

翌日は観光。佐伯城跡の三の丸櫓門から国木田独歩館などがある旧武家屋敷周辺を歩いた。桜は満開。落下する花びらが朝日に輝き、道は花びらで埋まり、まるで雪景色。市内は城跡だけでなく、旧番匠川沿いなど桜が多く、満喫した。鶴御崎にも足を延ばした。

宮崎市には通算4年半住み、大分県北の離島の実家に帰省するのに、佐伯市は何度も通過した。車でも列車でも時間距離が長く、立ち寄る余裕がなかった。自動車道の延伸で、やっと訪ねられた。両県は隣県でありながら遠く、ルート観光はほとんど聞かない。魅力ある地域を抱えるだけに、今後は多くなりそうだ。佐伯、あるいは臼杵で海の幸、高千穂または椎葉で山の幸というのもいいな。

東西格差

［西風］2013年12月29日

政府の2014年度の予算案が決まった。その中で、東九州自動車道の北九州―宮崎市間（320キロ）が同年度中に前倒し開通することになったのがうれしい。と同時に「やっとだ」「ついに」との思いが交差する。

二十数年前、読売新聞宮崎支局に在勤中、九州東回りの社会資本整備の遅れを何度聞いたことか。「国道1号線、2号線が東（太平洋）側を通って来るのに、九州に入ったとたん、西側（3号線）になるんですから」と経済人の1人はぼやいた。

考えてみると、江戸幕藩体制にあって、西側は黒田、鍋島、細川、そして島津と西国雄藩が並んでいたのに対し、東側は小笠原が目だつぐらいで、小藩ばかり。明治維新後、産炭地も中国との交流も西側。それが今に続いている。九州自動車道はとっくに全線開通し、さらに新幹線まで。東西格差は広がるばかりだ。

今は東九州自動車道が一部開通して少し近くなったが、宮崎―延岡間、さらに大分市までの時間距離は遠かった。宮崎―延岡間（約80キロ）が2時間以上、特急電車でも1時間半かかっていた。宮崎市で結婚披露宴があり、東京から出席した人が帰宅したのに、宮崎県高千穂町の人はまだだったという笑えない話も聞いた。

旭化成工業（現・旭化成、本社東京）は延岡工場間の出張で時間ロスが多いと、宮崎空港―延岡工場間にヘリコプターを就航させた。しかし、1990年9月、墜落。乗員、乗客10人全員が死亡する痛ましい事故が起き、運航は中止された。これが契機となって、JR線の宮崎空港までの延長と宮崎ー延岡間の高速化工事が行われた。日豊線について言えば、小倉ー大分間もスピードアップされたが、大分ー延岡間は依然、遅すぎる。まだまだだ。

宮崎ばかりの話になってしまったが、県庁所在地の大分と政令指定都市・北九州が自動車道でいまだにつながっていないのもおかしいのだ。東側の発展を願っている。それあっての九州はひとつだと思う。

［西風］2012年12月16日　劣化

死者9人を出した山梨県の中央自動車道笹子トンネル（上り）天井板崩落事。発生直後のトンネル入り口から上がる煙を見て、1979年、死者7人の東名自動車道の日本坂トンネルの玉突き事故での光景を思い出した。しかし、今回の事故が天井板の崩落とは、犠牲者の関係者らの怒りはより強く、ドライバーも不安だ。

数日後、出張で福岡ー宮崎を往復した。九州自動車道の八代インターから人吉インターには23のトンネルがあり、最長は約6・3キロの肥後トンネル、さらに熊本、宮崎県境にはほぼ同じ長さの加久藤《かくとう》トンネルがあり、天井板があるという。

肥後トンネルを最初に通った二十数年前はまだ1本しか抜けておらず2車線の対面通行。入ると排気ガスが充満、換気扇とエンジン音が混じったゴーという騒音が響き、日本坂トンネル事故の記憶も新しく、抜けるまで、怖くて、緊張して運転していた。

もう1本抜けて、対面通行もなくなり、安心して運転してきたが、今回は天井が問題だ。肥後、加久藤とも天井を見たが、どうも天井板があるようには見えない。上ばかり見るのは逆に危ない。両トンネルとも上下4本で20ー71メートルだけが天井板に覆われ、点検の結果、安全と後で知った。

国土交通省が公表した笹子トンネルの下り線の緊急点検結果では、不具合は670件。これまでの点検は何だったのか。点検のための点検か。

12日、北朝鮮がミサイルを発射した日に、尼崎連続変死事件の中心人物とみられる被告がよりによって兵庫県警本部の留置場で死亡。自殺とみられる。監視を強化していたというが、直後の留置管理課幹部は「留置場管理に落ち度はなかったと認識している」（読売新聞夕刊）。監視のための監視か。組織も人も劣化してしまったのか。

今日16日は、総選挙の投票日。政党、政治家は劣化していないか。それでも、よりよい政党、人を選ぶため、朝一番に行く。

陸の孤島にならぬために

［ぷりずむ］1991年10月23日

宮崎市から九州で一番遠い県庁所在地は大分市。もちろん時間距離だが、隣県の一つとは皮肉だ。

九州の東西を比較して高速道など社会資本の遅れが顕著な東側に両市が位置するため。大分県の離島に帰省するたび、兄が「一村一品もいいが、道路をどうにかして欲しい」とこぼす。吉村益次大分商工会議所会頭からは「宮崎県はまだいい。宮崎自動車道がある。しかし大分県は長いこと高速道路空白県だった」との話を聞いた。

宮崎自動車道は昭和五十六年に全線開通したが、大分県は平成元年の別府－湯布院間の使用開始まで待たなければならなかった。

しかし大分県のこれからは早い。北九州市と大分市を結ぶ北大道路は平成五年にも、さらに九州横断自動車道も早ければ八年度には全線開通する。将来的には東京、紀伊半島、四国を経由して大分に入る第二国道軸構想もある。

県経済、政界には九州新幹線の着工もあり、このままでは宮崎県は取り残されてしまうのではとの危機感がある。幸い推進機構の設立など九州の発展のためには東側の社会資本整備が必要との声が大きくなっている。行政などにあなた任せでなく、県民一丸となってこの声に乗り、また引っ張っていきたい。

コラムで、東九州自動車道のことを書いたのは、この「ぷりずむ」が初めてだった。この後、当時の国土開発幹線自動車道建設審議会（国幹審）でやっと事業化が決まった。宮崎県にとっては、県都の宮崎市と県北の中心都市・延岡市が自動車道で結ばれるまで、なんと事業化から20年以上かかったことになる。

宮崎－えびの間の宮崎自動車道はすでに開通（１９８１年）していた。しかし、まだ、九州自動車の人吉－えびの間は開通しておらず、宮崎、鹿児島は福岡市とつながっていなかった。お盆や正月のUターンの時は、えびのから人吉まで必ず大渋滞が起きていた。

九州の高速道路は、いかに福岡市まで結ぶかが最優先だったようだ。当然、予算配分もそちらが優先。九州自動車道の全線開通、大分自動車道の促進が優先され、１９９５年7月、人吉－えびの間が開通、自動車道で北は青森から南は鹿児島までつながったと大きな話題になった。大分自動車の全線開通は翌１９９６年11月。

これで、東九州自動車道のほうに予算配分されるかと期待された。しかし、優先されたのは、九州、大分両自動車道の4車線（地域によっては6車線）化。中心は人吉－えびの間のトンネル工事だ。九州自動車は２００４年、大分自動車道は２００５年には4車線化が完了した。それから数えても10年近くたっている。

この間、西側は九州新幹線が全線開通（２０１１年3月）した。その全線開通は決して早いとは思わない。むしろ、遅いぐらいだろう。しかし、東側の人にとってみれば、東九州自動車道の全線開通はまだかと思ってしまう。

いずれにしろ、蒲江－佐伯間（20・４キロ）が２０１５年3月21日に開通、遠かった宮崎－大分間が自動車道で結ばれた。２０１４年度末には、北九州市まで結ばれる予定だったが、福岡県の椎田南−豊前間で用地買収が遅れており、２０１６年度にずれこみそうだ。

福岡市はすでに航空機、新幹線、高速道路で全国の主要都市、いや海外まで結ばれている。日本は東京に一極集中、道府県はその道府県庁所在地に、九州は福岡市に一極集中だ。いろんな要因はあるが、自動車道を含め、交通網の発達もそのひとつだろう。福岡市に住んでいる私が言うのも変だが、一極集中はその都市にとってもよくない。全線開通が福岡市への一極集中を加速させるのではなく、その地域の発展に寄与してほしい。また、そうしないと意義は半減する。

巨木

［西風］2013年12月14日　**大銀杏**

　十数年前から、出張、行楽の機会をとらえては、その地にある巨木を訪れている。今年6月には、熊本市の熊本城から藤崎台のクスノキ群を散歩した。何度見ても感動する。帰りに同市北迫の「寂心さんの大クス」に立ち寄った。

　畑の続く丘陵地帯に1本の大クスが鎮座している。幹回り13メートル余、樹高29メートル。何ともすごいのは枝張りが50メートルもある。地区の人々の愛情に支えられて思い切り枝を広げ、樹齢800年とは思えない若木の勢いがある。盆栽を巨大化したようにも、一木で森をなしているようにも見える。周りを歩き、枝葉に触れ、ベンチに腰掛けて、大クス越えの涼風に当たり、幸せなひとときを過ごした。

　街中の巨木は多くの人々の愛情を受けているのだが、樹勢は衰えるばかりだ。福岡市中央区大名の「飯田屋敷の大銀杏《おおぎなん》」は今秋、ついに大枝が切り落とされてしまった。黒田藩家臣の飯田覚兵衛がかつての主君加藤清正をしのんで熊本城から苗木を移植した由緒あるイチョウ。所有の日本たばこ（JT）福岡支店は支店庁舎を道路から下げ、斜めに建てて残した。しかし、地下鉄開業、通行車両の増加など環境の変化で樹勢は衰え、近年は支柱を立てたり、施肥したりして樹勢回復に努めていた。

　小社から天神に行く途中にあり、貴重な喫煙ラウンジが設けられている。紫煙をくゆらせながら、春の若葉、秋の紅葉とともにギンナンの実りを眺めてきた。

幸いヒコバエを伸ばし、空洞となった幹にはこの木のギンナンから育てた若木を植える再生治療を実施、残った幹が腐食してもヒコバエと若木が成長し、100年後には巨木に育つという。今はすっかり葉を落とし、ずんぐりむっくりの幹だけの風景。しかし、来春、どのような若葉をつけるのか、今から楽しみだ。

２０１４年春。ヒコバエも若木も若葉をつけ、再生治療は順調に進んでいる。しかし、今度はあれだけ再生に尽くしてきたＪＴが同支店を移転。社屋は空になり、囲いが設置された。たばこ離れが進むなか、ＪＴ自体も合理化を進めている。１００年計画はどうなるのか。

狭い議会棟

［ぷりずむ］1992年4月24日

県議会棟が増築されることになった。「お手盛りでは」との声が聞こえてきそうだが、よく出入りしている記者はやむを得ないと思う。議会棟と呼ばれるほど立派な建物でもない。玄関が車庫と隣合わせで、郵便局も「同居」。

体裁はともかく、とにかく狭い。なかでも委員会室が狭い。ひどい時は理事者側の席が足りないこともあるぐらいだ。委員会に「なんであんなに多くの職員が出るのか」との疑問は別にして、取材はいつも壁に押しつけられてする状況だ。さらに議長、副議長の秘書係は本来なら廊下となっている場所に机を置いている。

増築しても議員一人当たりの床面積は全国平均に及ばない。「うるさ型」の多い議員がよくがまんしているとも言える。

しかし「いいなあ」と思うところもある。議長室、事務局などがある南に面した部屋からの眺めがいい。県庁クス並木の枝葉が窓一杯に広がる様は、何とも言えない。西川貫一議長は窓を背に来客と対応しているが「私が窓に向かって話がしたいというのが本音。でもお客さんに眺めを楽しんでもらっている」と話すほど。「目には青葉山時鳥《やまほととぎす》初松魚《はつがつお》」（山口素堂）。今は特にいい。

藤崎台のクスノキ群は別稿で触れたが、学生時代や若いころ、熊本城や藤崎台球場に行っても別に興味は持たなかった。球場のセンタースタンドに木の枝が張り出し、変な球場だと思っていた。熊本城の桜は気になっても、城内に多い巨木のクスを気にしたことはなかった。

巨木、巨樹、ひいては自然に興味を持ったのは「県庁クス並木」に接した１９９０年ごろからかもしれない。依然として、キラキラきらめくネオン街も好きだったけれども。

旅行やドライブで巨木を見つける、あるいはガイド本や観光パンフレット、新聞記事などで巨木が紹介されているのを見て、よく訪ねた。

環境庁（当時）が１９９１年に行った調査で、ランキング1位となった「蒲生の大楠」（鹿児島県姶良市）には、販売店（ＹＣ）にあいさつ回りの途中に立ち寄った。「川古《かわご》の大楠」「武雄の大楠」（いずれも佐賀県武雄市）は、それを見る目的でドライブした。

福岡県にも宇美町の宇美八幡宮など、クスの巨木は多い。すぐに行けるだろうと思ってか、見ていない。ご神木であったり、木そのものに神や仏が宿っていたり。病気に強いこともあって、残ってきたのだろう。人の一生の10倍も20倍も生きてきていると考えると、自然と畏敬の念や見てみたいとの欲求が湧いてくる。クスに限らず、ほかの巨木にも言えることだが。

イチョウは宮崎市高岡町の「去川《さるかわ》の大イチョウ」が印象深い。旧薩摩街道の去川の関近くにある。高さ41メートル。紅葉する時も含めて数回は見上げた。江戸時代に行き来する旅人、幕末に速足で歩く勤皇の志士たちを眺めてきたイチョウかと思うと感慨深い。何の小説だったか、薩摩藩は反逆者らを去川の関を出たところで暗殺していた、と読んだ記憶がある。それも見ていたのか。

最も有名な巨木は鹿児島県・屋久島の「縄文杉」。何といっても、縄文だから。「紀元杉」はバスが行くので、見た。しかし、縄文杉となると、登山だから自信がない。見上げることはないだろう。「巨木ウオッチャー」を自認する身には残念だ。しかし、まだまだ、巨木は少なくない。行って、見て触って、楽しまなければ。

「触る」。これは注意しなければなりません。巨木の精気を、歴史を直に感じたくて、触り、なで、たたいたりする（縄文杉は囲いがあってできないようだが）。京都・東寺の五重塔（国宝）を見学した際、歴史に触れようと柱を触ったら、係員から注意された。よく見ると薄くなった仏画があった。申し訳ないというか、無知を恥じた。

III

俳句

［西風］２０１０年４月19日　**赤いカバ**

12年ぶりに福岡市動植物園を訪れた。というのも長崎バイオパーク（長崎県西海市）の子カバが平川動物公園（鹿児島市）に引っ越し、「龍馬」と命名されたとのニュースに接したから。

龍馬の母「モモ」は日本で初めて人工保育で育ち「泳げないカバ」として有名だった。飼育係のIさんらが泳ぎを教え、3頭の子を産むまでになった。福岡市動植物園のカバの「タロー」はモモの弟で龍馬の叔父。同じく人工保育で育ち、龍馬と同じ1歳ごろの1997年12月に同園に引っ越した。翌98年春、取材で会った。龍馬のようなかわいい子カバだった。

久し振りに見たら、巨大な親カバに成長。話を聞くと、体重は2・5トン（推定）と約10倍。同園で1頭をなしたが、年上の妻は死亡、子は中国の動物園に贈られ、1頭だけになっていた。

ワシントン条約などもあり、カバも動物園での繁殖が基本となっている。日本の動物園にカバが登場して100年近くになる。近親交配や体重の問題から、小さいうちに他園に移すという。それはそれで、悲しいことだ。説明板には「気が荒く、興奮すると柵や壁に激突、牙（12本）がすべて折れ、短くなっている」とあり、影響しているのかなと勝手に思ってみたりもした。

ちょうど食事タイムで、約1時間、大きな口を開けてニンジンなどを食べながら、脱ぷん。食後は水槽に入って、耳を回すなどサービス満点。次々に見学に来る幼児の人気を集め、うれしくなった。

　カバ好きで知られ、俳人・歌人の坪内稔典氏の「カバに会う―日本全国河馬めぐり」（岩波書店）は、全国のカバとカバの俳句を紹介、楽しい本だ。真夏のカバは皮膚の炎症を防ぐため赤い汁を出しており、この「赤いカバ」を季語にしようと提唱している。同書の中から今の季節で気に入ったのを1句。


　春風や聖者に似たる河馬の顔　　後藤比奈夫

［西風］2010年1月9日　旧暦

　明けましておめでとうございます。遅い年賀のあいさつですが、成人の日の前でもあり、お許しください。

　年賀状もまだ届いている。アナログ世代としては、印刷会社に頼んで刷り、あて名は手書き。転勤を繰り返してきただけに、年賀と同時に「まだ生きています」とのお知らせを兼ねている。

　賀状には「新春」の言葉がよく使われる。が、春は遠い。年中行事は旧暦が季節感に合う。旧暦の元日は立春に近い日であり、新春にそう違和感はない。

　3月3日（今年の旧暦は4月16日にあたる）のひな祭りに桃の花は早いし、7月7日（8月16日）の七夕は梅雨で、天の川を拝めないことが多い。7月15日（8月24日）のお盆もそうだ。もっとも月遅れの8月15日が定着し、違和感はなくなっているが。

　漁村で生まれ育ったが、海関係では、今も旧暦が生きている。小学生のころ（昭和30年代）は、正月もお盆もそうだった。旧暦のお盆が一番良かったのは、数日続く盆踊りで、満月かそれに近い月があることだ。月光に輝く海に、太鼓の音が響いていた。しかし、新暦の9月になることもあり、いつのころか月遅れになった。

　旧、新暦に関係なく、古里では大みそかの夕、「年取り」と言って、年に最高のごちそうで祝う。

その際、明治生まれの父から「なんぼ（いくつ）になったか」とよく聞かれていた。数え年（生まれた年を1歳、正月が来ると1歳加算）のこと。そう聞くことが父の喜びだったのだなと、子を持って知った。数え年も旧暦が似合う。

中国、そして日本では中華街が、今も旧暦の正月。長崎ランタンフェスティバルは長崎市・新地の中華街の正月行事を市全体のイベントとして広げたものだ。今年の旧暦元日は2月14日。フェスティバルは同日から28日まで。

【余響】２００９年11月23日

山頭火

今月初め、山口県防府市の防府競輪場の帰り、近くの周防国分寺、防府天満宮にお参りした。好天に誘われ、ＪＲ防府駅まで、俳人・種田山頭火（１８８２－１９４０年）の生家跡などの句碑を訪ね、歩いた。

地主の家に生まれ、早稲田大を中退して、帰郷。家業の酒造場をつぶして、故郷を出た。迷惑を被った人も多かった。西行、芭蕉、そして山頭火と戦後ブームになっても、古里での評価は遅れ、冷たかった。山頭火ふるさと会の活動などもあって、碑建立の多くは平成に入ってから。年々増え、同会発行の「句碑めぐりＭＡＰ」では市内で34か所。1か所に数十基のところもあり、何と85基にのぼるという。

生前、受け入れられなかったが、古里を詠んだ句も少なくはない。同駅近くの児童公園には私の好きな「雨ふるふるさとははだしであるく」の句碑があった。

先週は、欲しいと思っていた「山頭火週めぐり葉書カレンダー」が届いた。奈良県宇陀市の画家戸田勝さん（58）が、1週ごとにその週のある日に山頭火が詠んだ1句を選び、書と絵、さらにはその句の解説を書いている。それだけでも楽しいのに、切り取り線に沿って離せば立派な絵はがきとなる。

戸田さんも防府市出身。山頭火への傾倒は普通ではない。２０１

0年版で8年目。全く同じ句はない。私は今年初め、資料を整理していて、2004年版を発見。以来、絵はがきとして利用し、毎週駄句を作っては友人に送っている。限定1000部。市販はしておらず、申し込みはアトリエ崇藝庵《すうげいあん》。送料込みで1部2650円。

旧暦のコラムは俳句の季語が旧暦で、新暦とずれることから、この項に強引に入れた。「赤いカバ」は季語に定着したのだろうか。

戸田勝さんは画家。アーティストと呼んだ方がいいのかな。カレンダーは2010年版から2015年版まで毎年、購入している。しかし、2015年版で終わる。2003年版から出版しており、実に13年。取り上げた句は700になるという。1句ごとに書にし、絵を描き、そして句の解説。これを1年当たり約50句。なかなか大変で、10年一区切りで終わる予定だった。「皆さまのお励ましで3年延びた」と氏の手紙にあった。今後はもう少し手軽な「句書画」のカレンダーなどを作るという。残念だが、新作を楽しみに待っている。

俳句は学校で習った以上のものはない。興味はあったのだろう。約20年前の『俳句歳時記』（水原秋櫻子編、講談社文庫）を持っている。作るために買ったのではなく、「歳時記ぐらい持っていなければ」との気持ちだったと思う。

山頭火は、丸谷才一（1925−2012年）の小説『横しぐれ』（講談社文芸文庫）では、広く世に知られたのは1967年（昭和42年）以降と説明されている。私の初任地は、山口市にある読売新聞山口支局（現・総局）。1974年に赴任して、2年半勤務した。その間、警察回りだったせいか、俳句に興味がなかったせいか、山頭火のことを聞いた記憶がない。湯田温泉にも住み、今は合併して同市になっている小郡町には庵（其中庵《ごちゅうあん》）を結び、暮らしているのに。さらに、防府市は山口市の隣で、山を越えれば（トンネルを抜ければ）すぐだ。「ホイト（乞食）」と蔑まれ、郷里での評価が一番遅れたと言われたためなのか。同市出身の詩人、中原中也（１９０７－１９２３年）のことばかり、耳にしていた。作品がすばらしいのか、評論家の小林秀雄（１９０２－１９８３年）が評価、支持したためか、中也はすでに伝説となり、山口でも評価されていた。私の高校時代の現代国語に作品が掲載されていたから、出身地だけでなく全国的なものだったのだろうが。

１９９９年ごろ、読売新聞西部本社社会部のデスクをしていた時、記者が夕刊の企画原稿に山頭火のことを取り上げて、知ったように思う。相当、遅い。それから、関係本をつまみ食いみたいに読んだりしていた。

２００９年ごろ、がぜん、俳句を作ろうと思い立った。せっせと作っては、好きな女性に送っていた。２、３年続いたのかな。こういう機会でもないと私の俳句が活字になることはないので、１句だけ紹介したい。

帰ったら負けてたジャイアンツ

プロ野球のペナントレースが大詰めを迎え、飲んで帰宅しニュースを見ると、よく負けていたころの句だ。これは俳句と呼べるのかな。しかし、ほめたのが１人だけいた。考えてみると、彼はアンチジャイアンツだった。そして、読売新聞西部本社の後輩の奥さんが俳句に詳しいというので、頼んで違う句を何句か見てもらった。残念なことに、批評する価値もないというようなものだった。それでも懲りずに、泥縄式に入門書を買って、作っていた。旅行に行くと、バスの中で指を折っては、うなっていた。作ろう、作ろうとすると逆に出てこない。退職した今こそ俳句でしょう、とも思うが、休止中だ。

山頭火の句は、読むと簡単そうなのだが、いざ自分が作るとなると、そうはいかない。よく分かりました。のぼせ者だからと再認識させられた。

というのも、同じことを前にも経験したから。歌人の俵万智氏のベストセラー歌集『サラダ記念日』（河出書房新社）を読んだ時には、これは俺にも短歌が詠めるぞと思って、高校時代以来、２、３首作った。さすがに、これは誰にも見せなかったが。

簡単に見えるものこそむずかしい。自分自身にオリジナリティも才能もない。いや、知識すらないことを確認させられた。

組織にしばられている（離れてみて、しばられるのもそう悪いことばかりでもない）現代人は、旅する西行、芭蕉らが好きだ。彼らは、特に西行はお金もあったようで、そう切羽詰まった旅でもない。山頭火は行乞《ぎょうこつ》の旅。落ちついたと思ったら、旅に出る。そして、大酒をくらい、時には女も買う。普通に見れば、生活破綻者。それでも俳句仲間には人気があった。各地で無心している。人徳でもあり、俳句も支持されていたのだろう。

山頭火と同じく、荻原井泉水《せいせんすい》（１８８４－１９７６年）に師事した俳人尾崎放哉（１８８５－１９２６年）。山頭火と同じように、漂泊の俳人と呼ばれる。吉村昭（１９２７－２００６年）の放哉を描いた小説『海も暮れきる』（講談社文庫）を読むと、晩年は過酷で悲惨だ。

東京帝国大卒の超エリート。大酒を飲み、悪いことに、絡む。他人のことは言えないが、大酒乱だ。このことなどが原因でエリートサラリーマンの地位を失い、病気にもなる。妻とは別れ、寺男として転々、最後に小豆島の西光寺の別院南郷庵《みなんごあん》の庵主となる。庵主といっても貧しい。亡くなるまでの8か月間、粗食でしのぎ、肺結核に進む病気と闘い、迫りくる死を見つめ、句作を続ける。

有名な「咳をしても一人」はこうして生まれた。字数にして、7字、音では9音。たったこれだけで、深い孤独感が伝わってくる。俳句はすごいと思うと同時に、恐ろしい。

放哉の「暗」に対して山頭火の「明」と言われる。山頭火は、体は頑強。だからあれだけの旅ができた。最期は松山市の一草庵で、体調が悪くて寝ているのを酒の酩酊と思われ、隣室では句会が開かれていた。その翌日未明、脳溢血による心臓麻痺で死亡。念願の「ころり往生」だったという。「明」の句で新聞にはなかなか紹介できない句を最後に。

千人湯

ちんぽこもおそそも湧いてあふれる湯

藤沢周平と葉室麟

［西風］２０１２年３月３日　**直木賞受賞**

先週末、作家葉室麟さん（61）の直木賞受賞を祝う、ささやかだが、楽しい会があった。会場はマスコミ関係者がよく利用し、葉室さんも30年来通う、福岡県久留米市文化街の小料理店「小鳥」。葉室さんは北九州市生まれだが、中学、高校、そして新聞記者、作家となった現在も同市に住む。二十数年前、読売新聞久留米支局勤務で知り合った。

5年前、松本清張賞を受賞、新聞に掲載された顔写真を見て、作家に転身したことを知った。ちょうど同店が移転した際の開店祝いで再会。以後、何回か飲んだ。

ママの応援がすごい。カウンター前の棚の上には、葉室さんの単行本が出版されるたびに飾られていく。年々増え、17冊にもなっていた。

会には記者や取材先だった人たちも含め、30人が集まった。喜寿を迎えた放送局ＯＢは「苦労して作家になった。人気はすごい」。候補10回目で受賞した下関市在住の古川薫さんの下で働いたこともある新聞社幹部は「私は古川さんと3回受賞の知らせを待ったが、いずれも落選。あれはつらい」と葉室さんの4回の落選を思いやった。もっとも酒が進んで「まだ読んだことがない」という剛の者も複数いた。

市関係者のひとりは「デビュー前から生活を心配していた。これでしなくていいのがうれしい」。ママは「葉室さんは受賞してホッとしたとおっしゃっていました」。

私もお客さんに候補のたびに取る、取ると言ってきただけにホッとしました」。つい昔の気分が出て「もっと濡れ場を」と注文を出してしまった私も含め、出席した多くの人がママと同じ気持ちだっただろう。

葉室さんは途中で「本当に祝う会か」とぼやいていた。それでも受賞後の超多忙な生活にもかかわらず、最後まで席を外さず、「原点は久留米にある。これからもしっかり仕事をしたい」。すでに18冊目の単行本が出ている。

【余響】2007年6月25日　作家デビュー

第14回松本清張賞受賞作「銀漢の賦」（文藝春秋）を一気に読んだ。続編や次回作が待ち遠しくなる作品だ。7月には店頭に並ぶ。

著者の葉室麟さんは北九州市出身で、久留米市在住。19年前、葉室さんが新聞記者だったころ、久留米市政記者クラブで一緒だった。受賞を紹介する新聞記事の顔写真を見て、作家に転じたことを知った。

今月初め、各社の記者がよく通っていた久留米市内の小料理店が移転し、開店祝いの飲み会で久しぶりに会った。「記事を読んで書店に行ったが売ってなかったぞ」「7月には出るから」。髪は白くなり、やっぱり年を取ったなあ、などと思いつつ、あとは焼酎を飲んでダウン。先日「著者謹呈」として一足先に送ってきた。

2年余、同じ時を過ごしただけに、読み始めて、時代考証はいつ勉強したのか、モデルはいるのだろうか、などと余計なことが浮かんだ。しかしそれもいっとき。話の展開に引き込まれ、気が付けば、通勤の地下鉄を乗り越していた。

舞台は九州にあると思われる架空の「月ヶ瀬藩」。主人公は2人の中高年の武士だ。「月ヶ瀬藩」は藤沢周平の「海坂藩」のように育たないか。ヒーローの一人、やもめ藩士・源五を「剣客商売」（池波正太郎、新潮文庫）の秋山小兵衛のようにシリーズにできないかなと思った。お礼の電話ついでに葉室さんに聞いた。「今は考えていない」。それこそ余計だったと反省した。

タイトルに著名な作家を使ったことを、ファンに免じて許してください。2014年9月、「小鳥」で葉室さんも出席したいつもの飲み会に参加した。直木賞受賞後も次々に書き続けているのはご承知の通りだ。小鳥に飾ってある本も30冊を優に超えている。藤沢周平、池波正太郎亡き後、歴史・時代小説では葉室さんしかいないのではないか、と思っている。

直木賞を受賞して、新作の刊行はもちろんのこと、旧作も続々文庫本化され、売れている。直木賞受賞作の『蜩《ひぐらし》ノ記』（祥伝社）は映画化され、公開された。押しも押されもせぬ、売れっ子作家だ。

フクニチ新聞が廃刊となった1992年から2005年『乾山晩愁』（新人物往来社）でデビューするまでの雌伏の時代があった。本人はあまり触れないが、私も異動で福岡を離れており、よくは知らない。しかし、厳しい日々を過ごしてきたことは推測できる。

飲み会などでの付き合いは、以前と全く変わりない。本人も小説も人にやさしい。

【余響】2006年3月29日

未刊行作品

藤沢周平（1997年1月没）の人気小説「用心棒日月抄」の女忍者・佐知は、好きなヒロインの一人だ。生前から続編を読みたいと念願していたが、かなわず、亡くなった時は、もう続編どころか新作も読めないのかと、非常に残念だった。

死後、何作か単行本になったが、最近はそれもなくなった。しかし、人気はむしろ高まっており、舞台、テレビドラマ、映画の原作となる作品は少なくない。昨年は映画「蟬しぐれ」が公開され、2月には、山田洋次監督の藤沢原作3本目の製作発表もあった。「蟬しぐれ」のふく、文四郎もいいな。

　藤沢は71年に「オール讀物」（文藝春秋）新人賞を受賞してデビュー。同誌4月号に、受賞前に雑誌に発表された短編14作品が発掘され、2作品を掲載と知り、先週、早速、買って読んだ。武家もの、市井もの各1作品。ファンだが、読み手ではないので、良しあしは分からないが、「秘太刀」も描かれ、おもしろかった。

　小説雑誌はかつてほど、売れていない。私が同誌を求めたのも藤沢追悼特集が掲載された97年3月以来。しかし、今回は強気だ。福岡市天神の丸善福岡ビル店では、4月号は通常の3倍近い40冊の入荷。作品は今後、順次掲載されるという。巻末には、藤沢と同じ昭和2年（1927年）生まれの吉村昭氏のコラムがあった。同氏がそのうち、発掘のことを書いてくれることをひそかに願っている。


発掘された作品はその後、『藤沢周平未刊行初期短篇』（文春文庫）として出版されている。その後は２００８年、『帰省――未刊行エッセイ集』（文藝春秋）が刊行された。一人娘の遠藤展子氏の『父・藤沢周平との暮し』（新潮文庫）など関係者らの著作が今も出版されている。それらの多くを読んだ。高名な作家や文芸評論家らが作品をほめるのは、自分のことでもないのに「俺もそう思う」「そうか、そういう受け取り方もあるのか」と思ったりもする。しかし、当たり前と言えば当たり前だが、作品が圧倒的におもしろい。というわけで、20年近く前に買い、紙が黄ばんできた文庫本を引っ張り出して、読んでいる。

　明日があるから読んでしまってはもったいない、と思いながら、夜更かしをして読んでしまう。そして、泣き笑いしているのだから、世話はない。私はどちらかというと剣客ものが好きなのだが、チャンチャンバラバラではなく、恋愛ものとして読んでいたのに気付いた。

２０１０年には、山形県鶴岡市に市立藤沢周平記念館が開館している。初めての東北旅行の時（２００９年夏）は、まだ工事中だった。今度はゆっくり訪ねたい。

吉村昭は２００６年、自らカテーテルポートの針を抜くという壮絶な最期を遂げた。同じ昭和２年生まれの城山三郎も２００７年、死去した。好きな作家が次々に鬼籍に入るのも残念だが、自分が年を取ったということだ。

ヒロインといえば、「用心棒日月抄」の佐知に勝るとも劣らずと思っているのが「あしたのジョー」（高森朝雄原作、ちばてつや画）の白木葉子だ。私の学生時代が、ちょうど「少年マガジン」に連載されていた時期。学生相手の食堂に置いてあり、飯を食うのがメインか漫画を読むのが目的か分からないほどだった。死闘を繰り返した後、ジョーが真っ白に描かれて連載は終わる。友人と「ジョーは死んだのか、どうなのか」と議論したのを憶えている。

葉子は、パンチドランカーの症状が表れているジョーに、世界バンタム級チャンピオン、ホセ・メンドーサへの挑戦を止めさせようとする。ジョーから避けられる葉子。最後の最後、試合当日の控室に押しかけ、涙を流しながら、愛していることを告白し、試合を止めるよう哀願。

それでも試合に臨むジョー。ホセとの死闘を終え、血染めのグローブを葉子に「もらって欲しい」と渡すジョー。文庫本版を買って読み直したが、やっぱり、いい漫画だ。人気漫画は続編が出るものだが、出なかった。当時は、ジョーは死んではおらず、葉子との恋を成就させてほしいと思ったものだ。今では、あれで良かったと思う。また、２人の恋は成就していたのだと分かった。理解するのが遅すぎる。

何度もアニメになり映画になった。東日本大震災直前に公開された実写版を見たが、ジョーも葉子もどこかずれており、力石徹役の伊勢谷友介氏の存在感が際立っていた。もっと評判になってもいいと思ったが、大震災でそれどころではなくなってしまった。

２０１２年上京の際、舞台となった山谷を歩いた。交差点の信号機表示に「泪橋」とあるのを見て、簡易宿泊施設の多いのに、往時を思った。

話が横道に入ってしまった。佐知とヒーローの青江又八郎、文四郎とふくも契を結ぶ。あしたのジョーとは違い、けっこうハッピーエンドなのだ。

「佐知はいい、佐知はいい」と繰り返していたら、飼い犬に「サチ」と名付けた友人がいる。当初は、「俺のヒロインの名を犬になんかにつけるなよな」と、少々不愉快だった。今は老犬となったが、吠えず、咬まず、腹を出してはさすれ、さすれの仕草が愛おしい犬だ。いや「サチ」だ。

映画で考える

［西風］2013年12月14日　辛抱ばい

高倉健の文化勲章受章を祝って、先月中旬、福岡県東峰村宝珠山を訪ねた。大分自動車道杷木インターを降り、山側へ向かうと、刈り取りの終わった棚田の周りに、紅葉に加え、柿、ミカン、さらにリンゴまで色づく景色に出合え、幸運だった。

目指した山村文化交流の郷・いぶき館にはすぐ着いた。本館はかつて宝珠山炭鉱を経営していた伊藤伝右衛門が邸宅の一部を移築した旧炭鉱クラブ。堂々とした日本家屋で柳原白蓮などの資料も展示されている。目的は展示棟の高倉健展。高倉が小学生時代、父親が同炭鉱の幹部社員として単身赴任しており、夏休みなどに遊びに来ていたという。縁があるのは中間、折尾、若松だけではないのだ。

展示棟にはポスター、ポスター、ポスター。当然だ。205作品に出演。ほとんどが主役だから。1960年代後半から70年代初めにかけて、東映任侠路線の全盛期。着流し、唐獅子牡丹を背負って、手には長ドス。最後の最後に連れ立って斬り込むのは池辺良だ。学生時代オールナイトでよく見た。

それでも見ていない映画の方が多い。そしてなぜか1978年公開当時に1度見た「冬の華」を見たくなった。「足長おじさん」を下敷きに当時の暴力団抗争を題材にした作品。組のために人を殺し、出所してまた殺人を犯さざるを得ない男をストイックに切なく演じている。

DVDが出ており、初めて借り

た。そういえば、作品で使われているチャイコフスキーのピアノコンチェルトは、後にも先にも初めて買ったクラシックだ。端役だが、売り出し前の小林稔侍に存在感がある。ラストの男盛りの高倉のアップは何とも言えない。

　高倉は受章の際、「辛抱ばい」と励まされたことなど、母親のことを多く語っている。母との関係も展示されている。エッセイ集「あなたに褒められたくて」は、お母さんに褒められたくて（長年仕事を続けてきた）から取っている。　（敬称略）

『あなたに褒められたくて』（集英社文庫）の最終エッセイは「あなたに褒められたくて」。その中で、「頑固で、優しくて、そして有難い母だったんです。自分が頑張って駆け続けてこれたのは、あの母《ひと》に褒められたい一心だったと思います。（中略）そんな母に何かまとまったことがしたくて九州のとある海岸に家を建てたんです」と書いてある。結局、母はその家に住むことはなかったという。

　その家は福岡県糸島市の船越湾の北側海岸線沿いだという話を聞いた。裏を取っていないので、断定できないが。

　読売時代、公休が平日になると誰も相手にしてくれないので、玄界灘海岸線踏破と勝手に決めて、よく歩いていた。玄界灘は県の北側にあるので、南側に海が開けている土地は海の中道など少ない。船越湾の北側海岸も２００６年に歩いた。南に海が開け、砂浜の海岸が住家（別荘？）のプライベートビーチのようになっている一角がある。北側は丘陵地帯で、冬季の北西の風も強く当たらないだろう。本当にいい場所なのだ。聞いた話は本当だろうと思う。

　ここまでの原稿は書き終えていた、２０１４年11月18日正午前。

　原稿を書いていると、携帯電話に時事通信のメールサービスで「俳優の高倉健さんが10日死去した。

83歳だった」と入った。「エッ」と慌てて、テレビをつけると、NHKがトップで報じていた。その後、日ごろは見ない、テレビの情報番組を見続けてしまった。読売新聞の夕刊は1面トップだった。

翌日、朝からテレビ各局ともニュース、それに続く情報番組は「健さん」特集。購読している読売、西日本、スポーツ報知を読み、コンビニでほかの一般紙の朝日、毎日、日経、スポーツ紙のスポニチ、日刊、西スポ、九スポを購入した。

共演者や身近に接した人、取材した記者らの談話や原稿から、高倉健さんが、普段はよくしゃべること、特に映画については。共演者らの身内の不幸には、長く線香や花束などを送っていたことなどを知った。わが身に振り返っても、しゃべることは何でもしゃべるが、ここまでの気遣い、心遣いは到底できないし、やってもきていない。

小林稔侍さん、田中邦衛さんの談話が読みたいと思っていたが、西スポに小林さんの「ショックのあまり言葉が出ない」とあるのみで、田中さんの談話は見つけられなかった。

最も共感を抱いたのは、朝日新聞に掲載された美術家・横尾忠則さんの「高倉健さんを悼む」。映画の依頼がたくさんあってありがたい、引退はしないなどと書かれた2014年8月の手紙に触れ、こう結んでいる。「かっこいいばかりじゃなく、老いを演じる健さんの映画が見たかったのに。今、僕の方が、手紙を書きたい。『健さん、日本中が、背中で泣いています』と」。

背中にふりがなはないが、「せな」と読ませるのか。

取材したことも、会ったことも、実物を見たこともないファン。作品一覧を眺めると、高倉健さんがフリーになってからも見逃した作品はある。また、DVDで会える。とはいっても、この喪失感は何なのかな。

続いて12月1日午後3時前、同じくメールサービスで菅原文太さんの訃報が入ってきた。11月28日、死亡したという。高倉健さんと同じく葬儀は済んでの公表だった。

［西風］2013年11月17日　42

公開中の映画「42　世界を変えた男」に感動した。米・大リーグ初の黒人選手ジャッキー・ロビンソンの実伝だ。

42は彼の背番号にして、大リーグ全球団の永久欠番。彼のメジャーデビューの日である4月15日には、全球団の選手、コーチ、監督らが42を背負うのは広く知られている。1997年に全球団の永久欠番となったが、当時付けていた選手は継続して使用していた。今季、ヤンキースの42番マリアノ・リベラ投手が引退、来季から同日以外は見られなくなる。

公民権運動の指導者マーティン・ルーサー・キング牧師がワシントンのリンカーン記念堂前で、あの有名な「I Have a Dream（私には夢がある）」の演説をしたのは1963年（今年がちょうど50年）。物語はそれ以前の1945年、ブルックリン・ドジャースのGMブランチ・リッキー（ハリソン・フォード）がジャッキー（チャドウィック・ボーズマン）を傘下のマイナーに入団させるところから始まる（47年メジャー昇格）。差別は激しく、執拗だ。

敵は相手チーム、観客、審判、そしてチームメートまで。書くに耐えない差別的なヤジ、ノーヘルメットでの頭部死球、スパイクなど。さらに遠征先のホテルの宿泊拒否、束になるほどの脅迫状。リッキーとの約束「やられてもやりかえさない勇気」でジッと耐え、俊敏、果敢なプレーでチームメート、観客を変えていく。そして優勝。

野球映画ではあるが、誇り高い男の物語であり、リッキーとの「師弟愛」、美しく聡明な妻との夫婦愛の映画でもある。

ジャッキーの後、次々と有色人種が入団することになる。リッキーの決断とジャッキーの活躍がなければ、イチロー選手や松井秀喜氏らが大リーガーとなることはなかったかもしれない。大リーグ、野球ファンならずとも多くの人に見て欲しい。

アメリカ（ハリウッド）映画は、野球などスポーツ映画をけっこう作っている。日本はなかなか出てこない。かつては西鉄ライオンズの稲尾和久（1937－2007年）や長嶋茂雄巨人軍名誉監督の映画があったのに。

父になっていたか

［西風］2013年10月6日

第66回カンヌ国際映画祭審査員賞を受賞した「そして父になる」が公開されている。

主人公のエリートサラリーマン（福山雅治）の6歳になる一人息子は病院で取り違えられた他人の子どもだった。実子は環境も家族構成も全く違う家庭の長男として育っている。病院は「前例では100%ご両親は交換という選択肢を選びます」。間違えられた憤り、困惑、果たして交換していいものかどうかの葛藤、妻（尾野真千子）との亀裂など。

もう一方の両親（リリー・フランキー、真木よう子）と合意して、いったんは交換するが…。親以上に子どもも傷つき、それに耐えているのがいじらしい。ハンカチなくしては見られない。

親子関係、子育ては世界共通のテーマとはいえ、スティーブン・スピルバーグ監督がリメーク契約を結んだのも納得した。

赤ちゃんの取り違えは、まれではあるが、かつては起きていた。読売新聞記者だった三十数年前、地元紙に社会面トップで見事に抜かれた。10歳になる男児が、産婦人科医院のミスで取り違えられていた。血液型からおかしいと気づいた。今ならDNA鑑定だが、当時は大学医学部による血液型と骨格鑑定というのに時代を感じさせる。しかし、思いは変わらない。両家族で交流した後、交換した。祖母の話が掲載されている。「10年の思い出が空白になってしまった。一緒に暮らしていれば情が移る。手放せなかったが、2人の将来を思い、心を鬼にした」。

当時、長女が1歳ちょっとで、かわいい盛りだった。「違う」と言われて交換を決断できるかな、と思ったことを記憶している。

映画を見た後、タイトルを思い返し、考えた。仕事にかまけて子育ては妻任せだった。「果たして自分は父になっていたのか」と。

地元紙とは長崎新聞（本社・長崎市）のこと。当時は長崎支局に勤務していた。コラムを書く際、当時の新聞綴じ込みをめくったが、読売新聞には掲載されていない。追いかけ取材をし、書いたように思っていたのだが、取材のメインではなかったのかな。長崎県内の両親に引き取られた子どもが「トイレを水洗にしてほしい」と希望したと聞いたことを今でも憶えている。なぜ、掲載しなかったのか、思い出せない。

そういうわけで、コラムを書く際、長崎新聞の記事のコピーを長崎県警担当で一緒になり、今も付き合いが続いている同社の幹部に送ってもらった。抜かれた原稿は思い出したくない。しかし、抜いた時より、抜かれた時のことをよく憶えている。赤ちゃん取り違えもその一つと言える。

もう40年近く父をしている。2人の娘は30歳を超えた。父の行状が悪かったのか、なかなか結婚しない。かつては「彼氏はいないのか」と聞くことが怖かった。今では、会えば娘が「今のところ予定はない」と言う。

最近、私に説教までするから、それなりに社会人として独立したんだと納得している。

［「スポーツ報知」一般記事　2012年10月26日］

若い世代にぜひ!!　映画「北のカナリアたち」

東映創立60周年記念作品「北のカナリアたち」のキャンペーンで、主演の吉永小百合、共演の柴田恭兵、小池栄子、監督の阪本順治がこのほど福岡市を訪れ、市内のホテルで記者会見した。

小さな島の分校で教師をしていた川島はる（吉永）が、ある事故がきっかけで島を追われる。20年後、教え子に会いに行くことから物語は始まる。小さな胸に傷を抱えながら大人になった教え子、自らも傷を負い熟年の20年間を生きてきた、がそれぞれと再会して生まれる思いの交流が、夏、冬の利尻、礼文島、稚内の美しい自然の中で描かれる。

夫役が柴田、大人になった教え子が小池のほか、宮崎あおい、満島ひかり、松田龍平、森山未來、勝地涼。ほかに仲村トオル、里見浩太朗らの豪華キャスト。

記者会見で吉永は「この時期にこの作品に出会え、（スタッフら）皆で作ることができて良かった。最初はサスペンスだったのだが、作っているうちに人と人のつながり、温かさ、思いやりがドンドン出てきて、未来に向かって生きようという作品になった。（冬のロケは厳しかったが）想像を超える画面ができたのではないか。10代、20代の人にぜひ見てもらいたい」と華やいだ笑顔で話した。

吉永との共演は初めての柴田は「お話があった時はすぐ引き受けました。吉永さんは凛《りん》としてたたずんでいるのがすてきでした。幸せでした」。小池も「共演できたのが一番の親孝行でした。はる先生の愛をたっぷり感じて欲しい」と吉永礼賛の言葉を続けた。

写真や画面以外で初めて吉永を見たが、きれいで、魅力的。この映画も吉永の映画だが、もう一つの主役はロケ地だと思う。礼文島に建てられた分校のロケセットは海を挟んで利尻山（利尻富士、1721㍍）を望む雄大な景色。夏もさることながら、冬の雪景色は目を奪われる。撮影は「劔岳　点の記」の監督木村大作。ロケセットは残されるというので、ぜひ本物の利尻富士を見に行かなければ。

11月3日から東映系で公開。

（敬称略）

吉永氏がキャンペーンで来福、記者会見の原稿。一般原稿では記者の思いなどを普通は書かない。最後の段落で、どうしても思いを書きたくて、署名原稿にした。

サユリストと言われるほどではないものの、長い間のファンだ。リアルタイムでは「愛と死をみつめて」（１９６４年公開）ぐらいからか。一番吉永氏が魅力的だったのは、ＮＨＫの「夢千代日記」（１９８１年）の時だったと思う。

これまで何度か、取材で拝見する機会はあった。しかし、チャンスをことごとく逃がし、この時は「俺が取材に行く」と押しかけ、念願がかなった。きれいだし、質問した記者の目を見て、説明、思いを語る。私も見つめられたくて、「都市伝説では、吉永さんは豚足がお好きと言われていますが」と聞きたかったのだが、多くの記者の質問がなんか高尚で、飲み込んだ。今でも、なんでもいいから質問をしておけばよかったと悔いが残っている。

長崎支局時代はよくロケが来た。系列の映画館から取材の案内があり、よく行かされた。桃井かおりさんが「神様のくれた赤ん坊」（１９７９年公開）のロケで来た時のこと。長崎市内のロケ先で、話を聞いてもう帰るころ、年上の他社の記者が「桃井さん今晩空いていますか」と聞いたのには、驚いた。30年以上たっても憶えている。

あの場で豚足のことを聞いたら、同じようになったかな。

利尻富士を見ようと２０１４年10月19日から、「２０１４年ラストチャンス！ 利尻島・礼文島と紅葉の大雪山空中散歩４日間」のツアーに参加した。道北は秋ではなく、九州の感覚では初冬。大雪山の紅葉は終わっていた。それはいい。問題は礼文、利尻島。

初日、稚内に着いたのは、夜の８時を回っていた。ところが、シケていて、明日、渡れるかどうか分からない。ここまで来て、それはないだろう。翌朝、フェリーが出るというが、礼文島には渡れず、利尻島1島だけになった。利尻富士は雲に隠れて、姿を現さない。1泊して、翌朝散歩すると、ボーと少しだけ見えた。礼文島からというか、映画で見たイメージと違う。帰りのフェリーから山頂は見えないが、薄くほぼ全容が見えた。ある程度、島を離れた方が雄大さが感じられた。

それでも、やっぱり礼文島に渡りたかった。山がよく見える冬季に行くか。

行きも帰りもシケており、船室では、もどす人や青白い顔の人ら、少なくない人が船酔い。冬はもっとシケるだろうから、少し考えるな。

それでも、やっぱり旅行はいい。利尻島はまだ紅葉が残っていた。特にナナカマドの葉と実が真っ赤なのが、初めてだけに、印象深かった。宗谷岬では、日本（本土）最北端に来たぞと少し感動した。残念ながら樺太は見えなかった。丘には旧海軍の監視所が残り、日露戦争時、ロシアのバルチック艦隊が対馬、津軽、宗谷の各海峡のどこを通ってウラジオストクに入るかが大問題だったことを思い出した。

［西風］2010年2月26日　**クリント・イーストウッド**

おいしい魚をたべさせてくれるお店のカウンターで、中高年女性3人グループと隣り合わせになった。公開中の「インビクタス／負けざる者たち」を見ての帰りらしく、監督のクリント・イーストウッド、主演のモーガン・フリーマンの話をしていた。1人が、イーストウッドが監督・主演した前作の話を始めたが、タイトルが出てこない。私自身も職場で「あれ」「これ」と指示代名詞ばかりと言われているだけに、出てこないのはよく分かる。数日前「インビクタス」を、さらに前作も昨年見ていて珍しく覚えていたため、おせっかいにも「グラン・トリノ」と言ってしまった。

　両者で私が思い出すのは、1993年日本公開の「許されざる者」。イーストウッド監督・主演。フリーマンは賞金稼ぎに復帰した主役の相棒役で共演している。60年代の東映任侠映画をほうふつさせる西部劇で、大好きな映画だ。

「インビクタス」は、南アフリカ共和国で1994年、初の黒人大統領マンデラ（フリーマン）が誕生してから、翌95年に同国で開催されたラグビーワールドカップで同国代表チームが優勝するまでを描いている。リアルタイムで事実は知っていたが、このような秘話があったとは。日本のラグビーファンはジャパンの歴史的大敗で記憶されている。

　アパルトヘイトで白人支配が続き、獄中27年を経て大統領に選出されたマンデラ。白人に積年のうらみをぶつけてもおかしくはないのに、許し、和解し、国民融合を目指す。そのために、白人の「宝」、アパルトヘイトの象徴と言われた白人主体の代表チームの強化を図り、国民全体が応援するチームとなるようリード。国際大会から長年閉めだされ、弱体化していたチームが優勝し、対立は統合へと向かう。

　マンデラの人間の大きさ、政治家としての冷徹さ、指導者たらんとする強固な意志を教えてくれる。フリーマンが好演、主将役のマット・デイモンもいい。それにしてもイーストウッドは今年5月で80歳。こうも話題作を生み出すのがすごい。

ネルソン・マンデラは2013年に死亡した。イーストウッド氏はいよいよ健在。その後も次々と話題作を送り出している。

ラグビーは1970年代、サッカーより人気を集めていた。成人の日だった1月15日の社会人ナンバーワンと大学生のそれの対決、日本選手権は、国立競技場を満員にしていた。

なぜ、サッカーと人気が逆転してしまったのか。ワールドカップの歴史が浅い、オリンピック競技になかったなどいろいろ理由は考えられる。かつての人気がなくなっても、私にはサッカーよりラグビーのほうが断然、おもしろい。

日本はワールドカップでわずか1勝。出場できるだけでも強いと考えるのか。いや、やっぱり、世界のトップレベルとの差は大きい。2019年には日本で開催される。映画のように、開催地優勝とはいかないものか。

［余響］2006年7月1日　**明るい貧乏**

映画「佐賀のがばいばあちゃん」がヒットしている。6月3日から上映している福岡市の中洲大洋は、当初1日3回だった上映を終日に、同月までだった期間を今月7日まで延長、会場も最も大きいものに変更した。

漫才師島田洋七さんの同名のベストセラーが原作。昭和30年代。広島市の居酒屋で働く母の元を離れ、佐賀市で祖母と2人で暮らす洋七さんの小、中学生時代を描いている。母が恋しいうえ、貧乏暮らし。それを吹き飛ばす、「がばいばあちゃん」の生き方、元気に学校生活を送る洋七さん。ばあちゃんの知恵が生み出す言葉が満ちあれている。「うちは明るい貧乏やけん、よかと。しかも先祖代々、貧乏だから自信ばもて」などなど。

平日に見たが、観客はほとんどが中高年。笑って、泣いていた。運動会の昼食で友達が家族でごちそうを食べるのをよそに、1人、教室で普段の弁当箱を開ける主人公に、先生が「弁当を換えよう」というシーンで昔を思い出した。

洋七さんと同世代。生まれ育った離島では、多くが似たような貧乏だった。学校給食はなく、昼食時はいったん家に帰っていた。小、中学校の合同運動会の昼食は、児童、生徒だけ全員教室で、握り飯と平片、たくあんの「特別給食」だった。あれは、子供にみじめな思いをさせないためだったのか。それとも運動会の時ぐらい米飯を食べさせてやろうということだったのだろうか。

少なくとも小学生時代は貧乏を意識したことはない。今、考えると周りも似たような貧乏だった。多少の貧富の差はあったにしても、子供にとっては問題ではなかった。問題は腕力の強さか、釣りや遊びの工夫だったように思う。

確かに今から振り返れば、貧乏だった。昼食時に家に帰っても、誰もいず、食べるのは冷えた麦の入った飯にこれもまた冷えた味噌汁、それに味噌そのもの。朝の残りの焼き魚でもあれば、いいほうだった。イリコを砂糖醤油に付けて食べるとご飯が進み、イリコはよく食べた。

離島のため田んぼはほとんどなく、多くの家庭が、米は買っていた。米飯は正月、お盆、お祭りなど特別な時だけ。米の消費を減らそうと、3日か4日に1回はうどん。今も手打ちで、魚をだしにした汁やけんちん汁でのうどんは大好きで、帰省すると、ほとんどうどんを食べている。当時は「また、うどんか」と言っては、母を困らせていた。

サツマイモもよく食べた。「イモは一生分食ったから、もういい」と、今はほとんど食べない。当時は家計の足しにと多くの家が豚を飼っていた（当時は肉牛が有名で、飼育している家も少なくなかった）。わが家でも豚が1頭いた。このエサの中心がサツマイモ。そのついでが私のおやつ。相当食べた。さらに、イモキリ。サツマイモを干しダイコンのように切って干し、それをすりつぶして、粉にしたものを練って、ソバのように切りそろえて湯がき、汁をかけて食べる。かんころ餅はこの餅編だ。長崎県・五島のかんころ餅はもち米が入っていておいしい。しかし、サツマイモの粉だけのイモキリやかんころ餅は、当時も今もおいしく感じられない。

最近はイモ畑もあまりなく、イモキリもかんころ餅も見ない。

文句を言うと当時の大人は戦後の食糧難を経験しているから、「イモ1個がどれだけ大事だったか」と説教され、閉口していた。

米飯がいかにごちそうだったかを説明するために長くなった。

いわゆるパンと牛乳主体の給食はとうとう食べずじまい。そのためか、牛乳を飲めば、下痢をする。バターの匂いも苦手、さらにヨーグルトもいただかない。ついでにこの系統ではないが、納豆もダメだ。

中学生のころ脱脂粉乳だけが学校で出だした。これがまたまずかった。まだ冷えた味噌汁の方がましだ。あのころ、本当の牛乳を飲んでいたら、今より違った食生活があったのかなとも思わないでもない。

経済が高度成長し、豊かになった。牛乳も乳製品も安くなった。

反面で格差が広がり、保育園や学校での給食が栄養補給という子供もいると聞く。私が経験した貧乏とは質が違う感じがする。貧乏でなく、貧困か。こんなに繁栄しているのに、だ。普通に食べられるというのが、最低の福祉、それも子供が。格差を議論する以前の問題だろう。

［余響］２００６年５月13日　**字解き**

「枝に実る子と書いて枝実子《えみこ》」。映画「明日《あした》の記憶」（配給・東映）で2度使われた。社内で開かれた試写会で鑑賞し、印象に残ったせりふだ。日がたつにつれ、このせりふとともに緑あふれるシーンがよみがえる。

字解きだからかもしれない。32年前、入社して支局に配属されて最初の仕事が先輩から電話で送られてくる原稿の受け。地名、人名などの固有名詞や同音異義語には必ずせりふのように字解きするのが約束ごとだった。慣れてきて、事件現場から送稿する際には、原稿を書かずに電話で吹き込んだりしていた。歌舞伎からとって「勧進帳」と言っていた。そして、これができると何となく一人前になったような気がしていた。

ファクスが配備されて電話送稿は減り、パソコンが入ってからほとんどなくなった。字解きも人名などの確認の時ぐらいで、することが減った。

映画は働き盛りの広告会社の50歳の部長が若年性アルツハイマー病に襲われ、退社を余儀なくされる。日々失っていく記憶。恐怖と苦悩。妻は働きに出て、経済的に支えながら、病気の進行を抑える努力と世話をするが、症状は進む。病気のことも丁寧にとらえており、理解を深めるのにも役立ちそうだ。

夫婦愛と生きることをハリウッドに進出した渡辺謙、いつまでも美しい樋口可南子が好演。途中から涙が出て困ってしまった。きょう13日から公開している。

（敬称略）

それまでの「痴呆」を「認知症」と言い換え始めたころの映画だ。今で言うなら「若年性認知症」のアルツハイマー型だ。

２０１５年２月22日の読売新聞「なるほど認知症11」によると、約５００万人と言われる認知症で、65歳未満で発症する若年性は４万人弱とあって、まだまだ施策が遅れているという。映画でも描かれていたが、働き盛りでの発症だけに、休職や退職に追い込まれ、経済的に困窮する可能性がある。家族の負担は高齢者認知症よりも大きくなる。

映画公開当時に比べ理解は進んだものの、施策の充実と治療薬の開発が待たれている。

Ⅳ

酒と肴

[西風] 2010年5月10日 **居酒屋**

知人から「立ち呑《の》みの流儀」（伊藤博道著、ブイツーソリューション）をいただいた。伊藤氏は大阪を中心に立ち飲み歴40年。著書によれば、本当の立ち飲みは酒類販売店の一角にあるコーナーで、文字通り立って飲むこと。大阪では、居酒屋で出されるような料理も供されるという。九州では角打ちだが、つまみは基本的には乾きものだ。しかし、量販店やコンビニの増加で町から角打ちは消えつつある。酒店ではなく、ただ立って飲むだけの店は健在で、それらも紹介している。

著書にはないが、休日に福岡競艇場に行った時は、正門前の立ち飲み店にレースの合間に寄る。店内の自販機で1杯200円のかん酒、焼酎のお湯割りが即座に出、つまみもなます、刺身などが1皿150円。舟券がはずれた時は頭を冷やし、当たった時は余韻にひたる。場との行き来で、少量でいい気持ちになるのもいい。

ついでに「居酒屋百名山」（太田和彦著、新潮社）も読んだ。太田氏は全国の居酒屋巡りを始めて20年。関係著書多数。北は旭川から南は石垣まで100店を選抜。なかなかの名店ぞろいで、店の雰囲気、土地ごとの酒、料理を紹介。旅行の際は寄ってみたくなる。

「百名山」の一つも行ったことはない。しかし、自分自身の名山は少しある。転勤で、任地ごとに通った店。長崎市ではガンバ（トラフグ）のあらをニンニクの茎などで煮つけた「ガネダキ」、久留米市でのクッゾコ、宮崎市でのメヒカリ。佐世保市では魚介類もさることながら、日本酒「六十餘洲」。いずれも居酒屋で知った。

福岡市では、五島で有名な「ハコフグ」。ガネダキとハコフグは、店主の高齢化で閉店、それ以後、巡り合えない。店主もよかった。

「居酒屋は心を満たす所でもある」（居酒屋百名山）。自分の名山を大切にしたい。

女性のいるスナックに行かなくなって久しい。若いころは、飲めば必ず寄らないと気が済まなかった。とうとう、中洲に知っているスナックが1軒もなくなってしまった。色気も体力も落ちた。年を取るとはこういうことかの、ひとつだ。

ハコフグを食べさせてくれた親父さんは、店を閉めて数年して食道がんで逝ってしまった。冬場のカモ鍋もおいしかった。カモ鍋は今でも時々食べるが、親父さんの店が一番だった。ハコフグはコラムを書いた後もありつけない。競艇の話でも盛り上がり、親父さんが入院中に福岡競艇場でも偶然、会った。ビギナーの連れの舟券を見て「狙い目はいいが、買い方が素人」と笑っていたのが、料理とともに、忘れられない。閉店の際、記念に出刃包丁とアルミ鍋をいただいた。形見になってしまった。

ガネダキを食べさせてくれたママは長崎市を離れていて、その後、消息を聞く手立てがない。ガネダキも久しく出合わない。気に入った店がなくなるというのも年を取ったと思わせるひとつ。

佐世保市の店は「ながお」、久留米市は「小鳥」。まだまだ続いており、今でも寄らせてもらっている。小鳥は別稿でも触れた。繁盛して、この前行ったら、店が広くなっていた。

ながおの親父の信ちゃんは後期高齢者で、がんで声が出にくくなったが、「信ちゃん」「信ちゃん」と親しまれている。佐世保支局在勤中の18年前からだ。当時、「豚足はうまい。メニューにしたらどうか」と要望したら、ある日出てきた。当時のお客さんにはなじみがなかった。信ちゃんと私ばかりが食べていた。その後、食べるお客さんも増え、今でも、メニューにある。うれしいネ。

一番は、信ちゃんが釣ってきたクロ。小さいのはせごし、大きいのは刺し身に煮つけ。2人で六十餘洲をガブガブ飲む。当分、だいじょうぶだ。

転勤を繰り返し、福岡市に住むのは3度目。通算すると、生まれ育った姫島村より長くなった。終の棲家となりそうだ。西区愛宕浜に住んでいる。今は、同じ姪浜校区の旧唐津街道沿いにある「御園」に通っている。

四季折々の新鮮な魚を食べさせてくれるのが、最高だ。そして、料金は高くない。いや安いというべきか。こうなれば、繁盛しないわけがない。予約をしないと入れない。約15人のカウンターと小上がり、それに本当の座敷。

カウンターはどうかすると、常連ばかりということもある。常連の中には「席が空かないから、他人には教えない」と言う人もいる。県外も含め、著名人も顔を出す。勝手にネットにも紹介されている。

刺し身、焼き魚、煮つけ、揚げ物なんでもうまい。私は特に、秋から冬にかけてのシメサバとアラ。シメサバは、その刺し身より味は上だと思う。しめているのかなと思わせるしめ方がいい。スーパーの刺し身などで、これまで3回あたったが、その心配はない。

アラはさすがに値が張る。しかし、あくまでも同店内での比較。刺し身、鍋もいいが、内臓の煮つけが最高。脂濃いのだが、くせがないと言えばいいのか、とにかくおいしい。同店で、初めてアラのフルコースをいただきました。幸せだった。

リーズナブルで新鮮でおいしいのは、マスターが朝、姪浜市場で、競りで直接仕入れるから。そして、店が自宅だからか。さらに、あまり儲けようという気がないようにも感じる。座敷などは庭も眺められて、高級料亭並みなのだが。

マスターと呼ぶのは、ホテルマン経験もあり、風貌もひげを蓄え、シャイだからかな。古希まで1年。閉店前、客が減るとカウンターに出てきて、一緒に飲む。話したことを翌日忘れているのもいいナ。客の一人として、高級にならなくて、今のままで、長く続けてほしいと思う。

いい店と出合える酒飲みは幸せだ。

［西風］ 2010年2月12日 **フグの肝**

フグのおいしい季節。とはいっても天然のトラフグはなかなか口に入らない。田舎（大分県の離島）に、それも冬季に帰省した際、運のよい時しか食べる機会がない。

しかし今では養殖のお陰で、天然にこだわらなければ、トラフグも安価になり、たまに食べるようになった。さらに「彼岸から彼岸まで」と言われたが、年中味わえる。「河豚《フグ》は食いたし命はおしし」というわけではなくなった。

大分県臼杵市の料理店では「天然トラフグの肝が出る」との評判を聞いて、先月、大奮発して同僚と行ってきた。フグ料理ののぼりを掲げる店は多く、人気を集めている。

同県に「肝を食べる食文化がある」とはいっても、食品衛生法、さらには県条例でトラフグの肝が禁止されているのは当然。しかし、刺し身とともに、肝が出てきた。従業員に「肝は写真に撮らないでください」と言われると、「本当にトラフグの肝か」と思ってしまう。当たったら当然、店はつぶれるなというのを担保に食べた。本物かどうかは分からない。味はカワハギの肝に似ていた。刺し身など、いずれもがおいしかった。
調理経験のある人は知っているが、トラフグの肝は相当大きい。捨てるのがもったいないぐらいだ。田舎で兄が三枚におろしている時、野良猫が寄ってくるが、まず食べない。

半世紀前の小学生の時、父から「食ってみろ」と言われ、1度だけ少し食べたことがある。残ったのは恐怖心だけ。さらに中学生の時には、田舎で一晩に3人が死亡した。

翌日、学校で仲のよい同級生が「おやじも寝込んでいる。俺も(肝を)食ったのだが」と話していたのを思い出す。剣道もけんかも強く、警察官になった同級生は8年前、がんで逝った。トラフグの肝には当たらなかったのに。

西日本新聞の2014年11月1日の紙面に、臼杵市の旅館で60代の女性がトラフグの肝を食べ、体のしびれや呼吸困難を訴えて入院した、女性の尿から、フグ毒のテトロドトキシンが検出された、という記事が掲載されていた。

やっぱり、トラフグの肝を出すところもあるのか。詳細は分からないが、どういう経緯でそうなったのか、肝をどのように調理したのか知りたいが、続報は出なかった。

私たちが食べたのは、やっぱりトラフグの肝ではないと思う。カワハギの肝だけでなく、似た味の肝は多いと言われる。毒のないフグもないわけではないから。

命を的にしてまで、肝は食べなくていい。身も十分おいしい。特に天然ものは養殖ものとは比較にならないぐらい美味だ。高いから、年に1度チャンスがあるか、ないかだ。刺し身を食べたら、ハッキリ分かる。天然は身そのものに味がある。養殖はそれが薄い。養殖ものをたまに食べる私の見解。味の話だから、好みもあるし、食通でもないから断言はできないが。そのうえ、飲みだすとだんだん分からなくなる。
　問題は、天然ものの水揚げが年々落ちていること。姫島村のいとこの漁師も、フグに限らないが、水揚げ量が年々少なくなっていくことを嘆いている。延縄《はえなわ》などで少し大きいのが上がってくると、1万円札に見えるそうだから。２０１４年12月に帰省した際、いとこが魚をくれた。トラフグはいよいよとれなくなったようだ。トラフグにはありつけなかったが、ほかの天然フグを刺し身、鍋でいただいた。やっぱりうまかった。トラフグ以外のフグはそう高くはない。

【余響】 2006年3月22日

定食屋

「諸般の事情により、3月末をもって閉店することになりました」。福岡市中央区にある小紙本社近くの「M食堂」のお知らせに驚き、そして、客は増えているのになぜ、の疑問。勘定の際「やめるんですね」と残念そうに聞く人も多い。

　Mさん（77）夫婦が店を開いたのは1975年。午前7時半から午後2時まで営業の定食の店。私は83年、福岡市に転勤になり、以来お世話になっている。宿直明けに、食べていた大盛りの朝飯がおいしく、ありがたかった。

　異動で福岡を出入りし、今が3度目。この間、福博の街は膨張、変貌。天神のはずれだった赤坂は“天神化”し、ビルも飲食店も増えた。古びた木造だった食堂もマンションの1階に変わり、きれいになった。かつては、ほとんど見かけなかった女性客も増え、正午過ぎには全34席が埋まる。

　街も店の内外装も変わったけれど、変わらなかったのは、家庭の味そのものの手作りの惣菜の数々。ご飯と朝4時から昆布とイリコでたっぷりだしを取ったみそ汁は圧巻だ。

　初めて話を伺い、閉店は奥さんの体調がすぐれないためと知った。「お客さんがいて、やめるのはもったいない。開店当初、大学を卒業して社会人となってから30年間通ってくれた人や毎日来てくれたお客さんもいる。申し訳ない」とご夫婦。赤坂からまたひとつ「昭和」が消える思いだ。

何か月か後だったと思うが、関係者の手で再開店した。同じように繁盛し、私も通った。しかし、残念ながら、再び閉店した。その経緯は知らない。コンビニで昼食を買う人、弁当店に頼む人が年々増えている。街の定食屋は減るばかりだ。

タバコ、たばこ

〔大分県立国東高等学校伊予野丘同窓会福岡支部会報第18号〕 ２０１４年８月31日

タバコ、たばこ

伊予野丘の国東高校正門前はタバコ畑だった。新学期が始まり、バス停から上がって来るたびに、グングン伸びていた。半世紀近く前の光景だが、その成長の早さに驚いたのを記憶している。

卒業後、もうほとんど訪れることはない。正門前の畑もタバコは栽培されていないだろう。健康志向の高まりと、度重なる値上げで、喫煙率は２０１４年で、成人の19・7％（日本たばこ産業調べ）と過去最低を記録。国内の販売本数は１９９６年度の３４８３億本をピークに２０１２年度は１９５１億本に減っている（同）。

畑地の換金作物として貴重だったタバコ。南九州を中心に九州は葉タバコの一大産地でもある。同社の２０１１年の廃作募集には全国で４割が応じている。九州でのタバコ栽培も一段と減少している。

私は自分を愛煙家と思っているが、愛煙家も死語に近い。嫌煙家や嫌煙団体の攻勢は年々強まる一方で、「愛煙」など言おうものならの雰囲気だ。昨年、アニメ映画「風立ちぬ」（宮崎駿監督）に喫煙シーンが多いとNPO法人「日本禁煙学会」（東京）が批判。

「そこまでやるか」と。成人男性はほとんど吸っていた戦前の話であり、表現の自由はどうした、との突っ込みもいれたくなった。

最近の映画やテレビドラマなどで、どうも喫煙シーンがないのに、納得した。

時勢に押され、喫煙場所はドンドン狭まっている。都会地では特にそうだ。上京した際、一服しようと喫茶店に入ると、灰皿がない。もしかしたらと思っていると、「禁煙です」。どうかすると居酒屋でもダメ。

　海外でも事情は似たようなものだ。飛行機を降りると、真っ先に喫煙室を捜している。ホテルでも全館禁煙が増えた。わざわざ服を着て、靴を履いて、外に出ていくことになる。

　だんだんたばこを吸うことが滑稽になってくる。70歳手前というのに、いまだにロングピースを手放さない先輩。彼の言う「俺が大学に行けたのは、家がタバコを作っていたから」という強い動機もない。年金生活にも突入する。たまに会う友人は、高校の時は吸っていたのに「まだそんなものを」と非難する。

　いつまで愛煙家に踏みとどまれるか。


　時々「やめた方がいいかな」と思いながら、踏みとどまっている。この原稿もたばこをのみながら書いている。家ではバンバン吸えるから、むしろ本数は増えた。吸い始めて44年になる。真面目な（?）高校生だったので、高校卒業までは吸っていない。下宿に遊びに来ていた友人の中には吸っている者もいた。記憶力が落ちるのを心配していたのかもしれない。

　高校の卒業式には出席せず、東京の私大を受験（あえなく不合格）して帰る途中、３浪の先輩から勧められて、が初めて。確か、当時は珍しかった「セブンスター」ではなかったか。あとは一直線。たばこを吸うのが成人男子のたしなみ？「ルナ」「チェリー」などと変遷し、ロングピースに定着したのは21歳ごろか、大学生からだ。あのころは、女子学生がたばこを吸っているのを見て、大人の女性に見えた。

　社会人だった兄２人は「ハイライト」だった。当時80円。対するロングピースは１００円。母は

「やめろ」とは言わなかった。値段は言っていた、20円の差額を。「おし（あなた）もハイライトにしたらどうか。金がなくなった時に（高いたばこは）困るぞ」。

学生のころこそ、金がなくなると「エコー」を吸っていたが、社会人になってそういうこともなくなった。原稿ができなくてイライラし、本数が増えた。それに麻雀。60本、80本吸う日も。母が心配したたばこを買う金に困ることがなかったのは、幸いだった。

朝買ったロングピースが、もうない。買いに行かなければ。

小、中、高校、大学時代の友人とは、それぞれ年に何回かは飲む。しかし、同窓会とは全く無縁の生活を送ってきた。福岡に高校同窓会の支部があることも知らなかった。朝日新聞ＯＢの支部会長が、還暦を迎えた人は総会に無料で招待しますと、誘ってきた。出張も重なり、総会には出席できなかったが、先輩の誘いを断り切れず、入会した。

驚いたことに、旧制国東中1回生（１９２２年、大正11年入学）の井出千樹さんが、顧問として出席していたことだ。１００歳を超えており、「ヒザが悪い」と言っていたが、かくしゃくとしていた。博多駅が現在地に移転した時の駅長だった人で、２０１１年3月の九州新幹線全線開通の際はよくマスコミにも登場していた。

いつまでも元気だと思っていたら、２０１５年1月、亡くなってしまった。１０５歳だった。同窓会の象徴的な人で、同月の役員会は「しのぶ会」になった。

［西風］　２０１２年２月25日　**減る喫煙者**

20本入り１０００円のたばこ「ザ・ピース」を入手した。さっそく会社の喫煙室で、愛煙家の２人と吸った。高級チョコレートと見間違うような箱。色はショートピースと同じ紺色。箱を開けると同色の金属製ケース。密閉した銀紙をはがすと、何ともいい香り。通常のものより少し長め。１人は「こんなにうまいのは初めて」。ロングピース歴40年の私には軽い（ニコチン、タールともロングピースの約半分）のが不満だ。今までにないたばこだとは思うが、１本50円ではね。来るべき１０００円たばこへの布石かとも考えてしまう。

喫煙率が20％を切ったという。雀卓《じゃんたく》を囲むと吸うのは私だけ。２人は花粉症でも風邪でもないのにマスクを着用している。そのうち誘われなくなるかな。

昭和30年代の映画を見ると、出演する男優はほとんどが吸っている。が、「文藝春秋」３月号で、俳優の里見浩太朗さんが「水戸黄門」ではキセルのシーンはタブーだったと語っているように、最近では見かけなくなった。

敬愛するロングピース党の先輩は、禁煙しない。「俺が大学に行けたのは、家が葉タバコを作っていたから」らしい。畑作地帯では貴重な換金作物。九州は葉タバコの一大産地だが、日本たばこ産業（ＪＴ）の昨年の廃作募集には実に全国で４割が応じたという。

日露戦争の戦費調達のため１９０４年にたばこの専売制が強化され、完成した。その後、増収のために取りやすいところから取ると値上げが繰り返されてきた。しかし、喫煙者がこうも減ると税収も増えないだろう。耕作農家の政治力もほとんどなくなっている。愛煙家に対する世間の目は、ますます厳しくなるばかりだろう。

近い将来、「たばこ取締法」ができ、大麻のように喫煙、ヤミ栽培、密輸などの容疑で検挙される時代が来るかも。そんな妄想すら湧いてくる。

「喫煙率が20％を切った」は誤り。この時点での喫煙率は２０１１年の調査で21・７％。思い込みだったのだろう。申し訳ない。

「同窓会報」の原稿は、このコラムをもとに書いたので、ダブリが多い。しかし、たった2年で世間の風当たりはますます強くなったのが分かる。

２０１４年11月、ＮＨＫの「クローズアップ現代」を見ていたら、死因3位の肺炎の背景には、ＣＯＰＤ（慢性閉塞性肺疾患）があり、それ自体も死因の9位。その原因のほとんどは20年以上の喫煙と言っていた。重症化して呼吸不全となった患者は苦しそうだ。ジワジワと悪化して、気づいたら回復しないというのがよくない。

ＣＯＰＤなんて、番組を見るまで知らなかった。しかし、肺がんのみならず、病気の原因に喫煙が上げられることが、最近、異様に多くなったと感じる。そのうえ間接喫煙とくるから、喫煙者の立場は、ますます悪くなる一方だ。

２００７年5月、日帰りドッグで紹介状と胸の断層写真を渡され「呼吸器科に行ってください」。参ったなと思いながらも、丸一日、飯を食ってなかったので、まず飯を食った。けっこう食べられたのが不思議と言えば不思議だった。

翌日、会社近くの病院の呼吸器科に行くと、またＣＴ。そこにあるだろうと思ったが、従った。写真を見ながら医師は私の顔を見ることもなく「肺がんの疑いが強い。70％だ。深くはない」。ある程度、覚悟はしていた。しかし、宣告はもっとおごそかな、いや少なくとも目を見て言って欲しかった。呼吸器科の医師にとっては日常茶飯事だから、しょうがないと言えばしょうがないのかもしれない。

会社の同僚の、肺がんに詳しい医師がいるので1度診てもらったら、との助言とお世話で、またフィルムを持参して、診断を仰いだ。結果は同じで、九州がんセンター（福岡市南区）の呼吸器科（現在は呼吸器腫瘍科）へ。また撮影。結果は変わらない。

仕事をして、酒も飲み、ゴルフもしていた。禁煙を志したが、日に数本は吸っていた。

そして1月後、同センターに入院。翌日、「右上葉肺に1・5ミリ－2ミリの腫瘍。悪性の可能性が高い。胸腔鏡で切除し、悪性であれば、右上葉肺をリンパまで含めて切除する。悪性でなければ、しない」との説明があった。その翌日、手術。手術は全く憶えていないが、術後の集中治療室で右胸が痛く、暑くて息苦しいのには閉口した。

しかし、何という幸運だろう。病理検査で悪性ではなく、肺もあまり切っていないというではないか。

背中に手術痕を持ち、放射線治療や抗がん剤治療中の同室の人に何か悪いような気持ちもあった。喜んで、入院から1週間、術後5日で退院した。

いいことは長くは続かない。すでに仕事に復帰もしていた10日後、抜糸のため同科へ。手術した医師はフィルムを取り出し「肺にばかり目が行っていたが、右首のあたりがおかしい」と、エコー検査。そして結果は、甲状腺がんの疑いがある。頭頸科に回された。またCTに生体検査、医師は手術を勧めるが、断定されたわけではない。7月13日だった。病院からの帰途、街は山笠でにぎわっていた。「また手術か」と思うと、喧噪も遠くに感じた。

27日に診断確定。8月中旬に手術をすることに。病院に行く以外は、日常は変わらない。29日には参院選があり、自民党は大敗した。8日、入院するが、まだ喫煙していた。検査を続けながら。そうまたCTもあった。リンパに転移の可能性があるので、「第4ステージかもしれない」などと説明される。しかし、ほかは至って健康で、手術を待つだけだから、散歩をしたり本を読んだり、それに外泊しての帰宅もした。だが、気は晴れず、後先を考えないようにしていた。

13日、説明があり、右リンパ節にはれがあり、転移していたら甲状腺全摘、リンパ節も廓清《かくせい》する。15日、手術。終戦記念日、そしてお盆。医師も大変だ。手術したU医師は入院中、ほとんど休んでいないように見えた。立派で頭が下がる。リンパに転移しており、甲状腺全摘、右首のリンパ節も全摘されていた。術後、頸部を動かしてはいけないというので、寝返りを打てないことと、たんが出るのが苦しい。喫煙者はたんがよく出ると言われる。声が出にくく、出てもかすれていた。息が苦しくて、よくなるのかなと不安になる夜もあった。

この間、宮崎市の親しくしていた人から、「(前知事の)松形《まつかた》(祐堯《すけたか》)さんが危篤だ」との電話が入った。宮崎支局員、宮崎支局長として、2度お世話になった。知らせてくれた人は、入院を知らない。どうすることもできなかった。そして23日死去。入院していなければ、評伝を書いて送ることもできたのに、と思った。

28日、退院。翌日、放射線ヨード治療のため、九大病院受診。10月の入院が決まる。がんセンターや九大病院の説明では、手術で除去できなかったり、散ったりした可能性のある微小な腫瘍を放射線で退治する治療。甲状腺は海藻などに含まれるヨードを原料として、甲状腺ホルモンを産出する。甲状腺から発生する腫瘍は甲状腺と同様にヨードを取り込む性質を持っている。それを利用して、放射線を出すヨードのアイソトープ(ヨード131)のカプセルを飲み、消化管から吸収されたヨード131を腫瘍に取り込ませる。そして、中から放射線を照射して、たたくという。

9月の初めには、仕事に復帰した。たばこも再開。声がかすれて出にくいだけで、生活は元に戻った。

10月23日、九大病院・アイソトープ治療センターに入院。カプセルを服用すると、患者自身が放射線を放出するため、病室は鉛で覆われたトイレ付の個室。がんセンターにはこれがない。今度も検査で、やはり放射線を浴びる。翌日夕、医師から鉛の重い容器に入ったカプセル4個を1個ずつ手渡され、飲んだ。

以後、面会禁止。病室を出るのは、1日1回の入浴だけ。食事は「岸本さん。食事を運びます。後ろに下がっていてください」のアナウンスがあり、出入口から離れ、一部が壁で仕切られた場所に移動、その間、食事が入れられる。出入り口には鉛の衝立もあった。鉛、鉛の世界だ。

この治療効果を上げるため甲状腺ホルモンの服用を止めたゆえか、副作用か、食欲はなく、体はだるい。暇つぶしにたばことはいかないから、入院前に買った本、CDディスクとCDプレイヤーを持ち込んだ。本もCDもすぐ飽きる。テレビもおもしろくない。ひたすらたばこが吸いたかった。

4日後、ナースセンターに行き、放射線量を測り、線量も減って、病棟外に出られることになった。散歩して、たばこを買い、一服した。クラクラした。

その後、CTにPET、エコー、ヨードシンチ、血液検査など、ありとあらゆる検査を経て、「ヨードは甲状腺のあった場所に集中している。これは甲状腺の残存か、がんが残っていると考えられるが、甲状腺の残存だろう。1年か、1年半後に、もう1度確認する以外にない」との診断で、退院は11月2日だった。そして5日には仕事に復帰した。

翌翌年の2009年1月、12日間、同様に入院、治療を受け、「寛解《かんかい》」の診断で、退院。現在に至っている。この時もたばこが吸えないのが苦痛で、夢にまで見た。

たばこはその後、一念発起して、1年間禁煙したことがある。戻ると本数が増えていた。意志薄弱である。長々と入退院の繰り返しを書いてきたのは、意思の弱さは当然として、この間、お世話になった医師のだれ一人、たばこに触れなかったこと。大人だと考えてくれたのか、それとも意志薄弱を見抜かれていたのか、別な理由があるのか、分からない。

2007年5月から5か月間で検査や治療で浴びた放射線の影響はどうだったのか。2015年3月現在では異常はない。また、人間ドックに行ったほうがいいのか。不安を抱えながら、それを紛らわすようにたばこを吸っている。

[余響] 2005年12月21日 **増税**

福岡市内のコーヒーショップの外に設けられた喫煙席で、寒波にもめげず、吸っている客がいる。席があるだけ、まだいい。福岡県庁は全館禁煙。1階の喫煙室以外は各階ベランダで、立ってのむ。寒い上になんとなくみじめ。一服というより、ニコチン補給という感じだ。

二十数年前、家族に嫌われてか、配慮してか、自宅のベランダなどで吸うのを「蛍族」と揶揄《やゆ》を込めて呼んだが、今は死語だ。ほとんどが大なり小なりそうなのだからだろう。

小社はほぼ各階に喫煙室があり、分煙だ。しかし、社としては、たばこはやめてほしいようだ。防火ポスターに、周囲への配慮を促すチラシが張られ、最近「医務室よりお知らせ」が加わった。禁煙が体にもたらす劇的な変化として「24時間で心臓発作の確率が下がる」などの9項目の効果を挙げ、ニコチンパッチで禁煙を勧めている。これらを眺めながら、紫煙をくゆらすのも妙なものだ。

健康が気になる中高年が多い職場。一人またひとりと禁煙を始める。財務省は来年度予算原案でたばこの増税も内示した。また仲間が減るだろう。
この前上げたばかり。さらに旧国鉄長期債務処理で、たばこ特別税ができた時と同様、取りやすいところから取るという発想。「頭にくるからやめるか」と同僚に言ったら、「児童手当のためと思えばいいじゃないですか」。それもそうかな。

このコラムの後の２００７年７月、値上げされた。その後も２０１０年10月、そして２０１４年４月など、７年間で６度の値上げ。たばこは高くなった。ロングピース（20本入り）４６０円。１本23円。考えるよな。２０１４年は消費税アップに伴うもので、この時は、無駄な抵抗と思いながら、40箱買い溜めした。しかし、買い溜めはよくない。かえって本数が増える。焼酎も同じく１升入り10箱買った。こちらはよかった。あるからといって、晩酌は、そうは飲めない。

近い将来、また上がるのは確定的だ。読売新聞などによると、自民党税制調査会は２０１５年度の増税を検討していたが、見送った。厚生労働省が健康面から増税を要望しているという。メーカーや葉タバコ農家、小売店の反対が強いため、だそうだが、意外と総選挙対策だったのかもしれない。いずれにしろ消費税が上がれば、また上がる。それ以上に上がるかもしれない。厚生労働省を筆頭に反たばこキャンペーンはすごい。ギャンブル依存症もあおっている。「国民の健康」という誰もが反対しにくい錦の御旗で。いずれも少数とはいえ、大人の楽しみを奪ってどうする。ほかにやることはいっぱいあるだろう。

禁煙すると同省に追随したようで、嫌な感じもする。理屈をつけては吸っている。

健康とウオーキング

［西風］2014年5月16日　**トイレ事情**

走っても走ってもアブラヤシ。

大型連休の後半、初めてのマレーシア観光。クアラルンプールから、隣国のシンガポールまでマレー半島の一部をバスと列車で縦断、南部を横断した。高速道路、一般道から見えるのは、ほとんどがアブラヤシ（オイルパーム）の農園。

豊富な鉱産物もあり、比較的、豊かな国で、バイクは少なく、多くの乗用車が走る。マラッカでは早朝のコーランの大音響にビックリ。イスラム教を国教とする国だ。

驚いたというか、困ったのはトイレ事情。

宿泊したホテルは洋式でトイレットペーパーも備え付けられていたが、外に出れば、いわゆる和式で紙はない。女性陣は当初、泡を食っていた。代わりに蛇口からひかれたホースか、ひしゃく付きの水をためた容器が備わっている。

バスで移動中、腹が刺してきたのでガソリンスタンドに停車してもらい、駆け込んだ。ホース式だ。使っていたら、蛇口からホースがはずれ、一面水浸し。かつての新聞紙に比べれば、合理的で清潔だとも思った。

滞日経験もある中国系ガイドは「日本が進みすぎているのです。ウォシュレット（温水洗浄便座）はマレーシアのトイレをヒントに作ったそうですよ」と説明。帰国して早速、ＴＯＴＯに問い合わせると、アメリカの医療用便座を参考に研究、開発したとのこと。

新聞紙だった世代も今や完全に降参した。何しろ同社の昨年の出荷数は3000万台。高速道も地下鉄のトイレも。福岡競艇場も改修した。恵まれているのかな。
生活様式も変わりつつあるようだ。マンションは普通、洋式が一つだが、「小」の方も座る男性が増えているという。飛まつで汚さないようにするためだとか。ビールを飲みながら30、40代の社員に聞くと、「家では」との答え。マレーシア式は受け入れても、これは受け入れがたいな。

原稿を読んだ友人から「品がない」と批判された。健康は俗に「快食、快眠、快便」と言われる。だから、関連のトイレ事情は大事なのだ。人は文明、文化にすぐ慣れる。

離島育ちゆえ、少なくとも高校（高校は下宿、田舎だった）までは和式の汲み取り式だった。何の不都合も感じなかった。確かに臭かったが、トイレは集中できると、試験前は教科書や参考書を持ち込んで、長く踏ん張っていた。足がしびれて、出てきていた。トイレで何かを読む癖はそのままだが、肥満となった今では、考えられない。足がもたない。

その後、和式はそのままだったが、水洗になった。しかし、安いアパートだったから、家はやはり汲み取りというのが、30歳過ぎまで続いた。そのころは、すでにマンションなどでは、水洗洋式が普通になっていた。そのような家に泊まる時は、パチンコもしないのに、和式のあるパチンコ店に行っていた。

転勤して住んだ公団住宅が洋式水洗となり、そうパチンコ店にも行くわけもいかなくなった。慣れると、これが楽。本も長く読める。

ウォシュレットに出合ったのは20年前ぐらいか。福岡県政記者クラブに所属していたころ。ある日、議会棟のトイレに行くと、ウォシュレット。もちろん当時は行政棟も警察棟もない。読売の福岡総本部にも。「議員さんは優遇されているな」と思ったものだ。行政棟と議会棟は距離があり、記者室は反対側にあって、けっこう遠かったが、よく通った。

　自宅もそうなり、田舎までも。軽い痔《ぢ》もいつのまにか治った。トイレ滞在時間は快適になるにつれ、長くなる一方だ。

〔西風〕2013年11月10日

五本指靴下

　1か月前はまだ暑かったのに、急に朝夕は肌寒くなってきた。街にブーツ姿の女性も日に日に増えている。他人事《ひとごと》ながら、水虫はだいじょうぶかと考えてしまう。

　恥ずかしながら、水虫と付きあって、40年になる。飼いならしていると言った方がいい。読売新聞に入社してすぐ感染。学生時代はげたか草履だったのが、革靴に一変。その上、長い拘束時間。宿直勤務で先輩の草履を履いての結果で、自業自得だ。完治したと思ったら出てくる、の繰り返し。年に1、2度は皮膚科のお世話になっている。

　待合室は子どもの付き添いもあるとはいえ、男性よりも女性の方が多い。肌荒れ、化粧負けなどもあるのだろうが、水虫も少なくないはずと推測している。

　福岡市内の靴下専門店。カラフルな女性用五本指の靴下がたくさん。店員に「すごいネ」と聞くと「踏ん張りがきくから」との答え。「そうかな…」。蒸れにくさが一番だろう。ブーツを履く女性が増え、水虫予防で使用する人が増えたのではと考えてしまう。お店の人が「水虫予防」とも言えないし。

　私は五本指靴下を履き出して10年近くなる。完治していないので説得力は弱いが、袋状のものより断然いい。皮膚科に行く回数も減った。欠点は履く時に足の指を1本1本入れるのに時間がかかること。さらに洗濯後左右一組ずつそろえるのが手間、親指部分が破れやすいが、左右を換えられないなど。

10年がたち、指と指がくっついていたのが、何と、広がり、すき間ができたではないか。これはうれしい。頑強な水虫はこの指の間にはびこるからだ。風通しはよくなり、指の間を洗うのも簡単になった。

問題は常に洗い、薬を塗るかだが。

この後も、皮膚科にかかっている。見えなくなったので、また薬を塗るのをさぼっている。また、出そうだな。同じことを何度繰り返せばいいのか。問題は夏場だ。退職してほとんど革靴を履かなくなった。今度の夏はだいじょうぶではないか、と期待している。

［西風］２０１３年３月23日

失って分かる

「芸能人は歯がいのち」のコマーシャルはいつのことだったか。明眸皓歯《めいぼうこうし》との言葉があるように、白い歯は美人の条件なのだろう。芸能人でなくても、白い歯でなくても、歯は大事だ。

私の周りでも、失った歯を取り戻そうとインプラント（人工歯根）治療を受けている人は多い。保険適用外の自由診療であり、各個人の症状で治療費はまちまちだが、かかりつけの歯科医によると、相場は1本30万円。その上に治療期間は約1年。高額の上に時間もかかる。それでも求める人が多い。

そうした中で、同治療を行っていた福岡市内の歯科医院を運営する医療法人が破産、九州を中心に治療が完了しない患者が２００人以上にのぼり、前払い金などは2億４０００万円を超えるという。３００万円支払ったのにほとんど治療を受けていない人など、多額の金を支払って治療が終わっていない人が多いという（読売新聞など）。「あの歯科医はヘタ」「あそこはヤブ」というのとは次元が違う悪質さだ。

医院を見極めなければならないが、予防はさらに大事だ。十数年前、上の前歯がぐらつきだし、歯科医に。歯周病だ。今、思うとこうなると遅い。金具で補強してごまかしていた。ある朝起きたらシーツが血だらけで、鏡を見たら前歯3本がなくなっていた。酔って自宅近くで転んだらしい。「インプラントがあるさ」と、歯科医に頼むと、無情にも「あなたはあごの骨が弱いので、できません」。とうとう部分入れ歯に。それから、歯が抜けるのがまた早い。仲間を失った歯は弱いのだ。とうとう上は2本を残して入れ歯になってしまった。入れ歯になって分かった。装着していることの違和感はともかく、味覚が落ちた。味は舌だけでなく口腔《こうくう》全体で感じていることを。さらに、せんべい、たくあんもかみづらい。

亡くして分かる親の恩。失って分かる歯の大事さを、かみ締めている。

この後、上のみならず、下も部分入れ歯になった。咀嚼《そしゃく》力は落ちる。好きだったピーナッツも硬くて、食べる回数が激減した。キノコ類はよく噛まない（噛めない）まま飲み込んでいる。刺し身もそうかな。胃の負担が増して、だいじょうぶかなと不安だ。

入れ歯には慣れても、違和感はなくならない。退職して自宅にほとんどいるので、その間はいつもはずしている。どうかすると、散歩やたばこを買いに外出して、入れ歯を忘れる時がある。そういう時に限って、知っている人に出会う。はずかしいことこの上ない。

歯科には行きたくない。しかし、歯は本当に大事だ。実感するのが遅すぎた。

歩く

［ぺんライト］１９９６年４月25日

肥満防止にと、休日には努めて歩くようにしている。平日の不摂生を、週に一、二度の散歩で解消とのもくろみは、虫がよすぎる。効果は分からない。

しかし、目標も道順も決めず、気の向くままに、テクテク歩くのは楽しい。福岡市南区のマンションに住んでいるが、周りは一戸建てが多い。警備は事務所ばかりと思っていたら警備会社のシールを張った家も目につく。シールだけでも防犯効果がありそうだ。ポツポツと更地もあり、バブルの影響かと思ったりもする。

困るのは、突然、道が行き止まりになった時。気づいて引き返すのを不審な目が追いかける。犬でも連れていれば、また、違うのだろうが。

手入れをした庭木や草花も楽しめる。多くの庭に桜があるのを知った。道路拡張で伐採の運命にあった桜を「花守の歌」が救い、最近、歌の詠み人が分かった桧原の桜の下も通った。

葉桜にかわりつつあったが、道路端にもかかわらず、数人が憩を取っていた。花が散った緑陰もいい。

肥満

［ぺんライト］１９９６年２月28日

映画「セブン」では、最初に肥満（大食い）の人が殺害される。幸いなことに（？）試写会に遅れ、見ていない。

「Ｓｈａｌｌ Ｗｅ ダンス？」を見ると、社交ダンスは減量に効果がありそうだ。この映画は中高年の観客が目立った。私と同世代、学生時代はまだ社交ダンスが主流だったためで、肥満とは関係ない。

株価はバブル崩壊で下落したが、私の体重は順調に右肩上がりを続けている。健康診断で、「体重コントロール」の注意書きがいつから付くようになったのか、記憶にない。

七、八年前、スポーツクラブに入会した。月に四、五回しか通わず、転勤を機にやめた。鉄アレイも買ったが、今はサビが出ている。体重、ぜい肉を落とすには、相当な努力と節制が必要だ。当然、だれも助けてはくれない。
住専問題などの不良債権も、バブルで節制（節度）を失って付いた、ぜい肉。関係者の節制で解決すべきだが、努力した跡が見えない。すでに、国民は低金利政策で負担しているのに。

今の私の健康法は散歩。ウオーキングと呼んだ方がいいのか。１９９６年当時は、44、45歳の時で、肥満解消を目指し、気が向いた時に歩いていた程度。当時すでに体重は85キロ前後あったのではないか。

宮崎支局長をしていた２００１年ごろ、夕方になると体がものすごくだるくなる。椅子に座っているのが耐えられない。日によっては「少し横にならせて」とソファーに小1時間横たわっていた。体重は92キロ前後。血糖値は１３０を超えており、糖尿病の専門医は「すでに糖尿病と言ってもいい。予備軍であることは間違いない」との診断。「どうすればいいのですか」「3食食べて、しっかり歩いて、体重を落としてください」「お酒は飲んでもいいのですか」「飲んでもかまいません。しかし、飲むと胃がバカになるので食べ過ぎに注意してください」

翌日からしっかり歩き出した。それまで仕事では１００%車を使っていたが、時間があると使わず、帰宅後も夜、歩く。さらに、休日は2、3時間。単純に歩くだけではおもしろくないので、「フォールウオッチャー」「巨木巡り」などと名付けて、滝や巨木を見に行った。滝も巨木も車を横付けできる所は少ない。特に滝はアップダウンが激しく、きつかった。ゴルフも同じころ始めた。目的の半分は歩くこと。ひたすら歩く。最初のころは走っていた。

間食はキャベツなど工夫したが、禁酒することなく、半年で12－13キロは落ちた。落ちだすと、体重計に乗るのが楽しみになる。何十年かぶりに、80キロを切った。

血糖値は110を切り、夕方の疲れもなくなった。この後、西部本社に異動となったが、「岸本はがんではないか」とのうわさも出たぐらい、体型も人相も変わった。うれしかったね。

ところが、長く続かないのが、やっぱり減量か。少し安心しては食べ、歩かない日が多くなる。そうすると、すぐリバウンドする。甲状腺がんで入院、手術した際、1週間に1回だったか、ナースセンター前で体重測定があった。各自、自分の体重を患者一覧表に書き入れるのだが、見ると80キロ台は私1人。70キロ台すらいない。この時はさすがに恥ずかしく思った。

リバウンドしたら真面目に歩き、落ちるとさぼるを繰り返して十数年。80キロ前半を維持してきたが、この1年ぐらいは85キロ前後をウロウロ。歩いても落ちない。それも、昼食を摂らないよう努力してなのに。

友人は、夜の食べ過ぎと飲み過ぎを指摘する。しかし、飲まないというのも、何のために生きているのかという気もしてくる。

このごろは、落ちなくても、現状維持でも、と考え方が後退している。退職して暇になったこともあるが、ほぼ毎日1万歩以上歩いている。この延長線で、四国に歩き遍路に行こうと思っている。2か月弱で1200キロ歩き通したら体重は10キロ以上落ちるのではないか。

V

犯罪と防犯

［西風］2013年6月8日　4桁を忘れる

ゴルフ場などの貴重品ロッカーの天井部分を手で触るようになって半年ほどになる。小型カメラがないか確認するためだ。先日、福岡県糸島市のゴルフ場で触ると、マットのような感触。フロントに「カメラを付けにくくするためか」と聞くと、果たしてそうだった。

先月、警視庁などの合同捜査本部に窃盗容疑で逮捕された中国人3人は昨年9月から、客を装ってクラブハウスに入り、貴重品ロッカーに小型カメラを設置、利用客が入力する暗唱番号を盗撮。利用客がプレー中に、ロッカー内からキャッシュカードを取り出し磁気情報を読み取った後、元に戻していた。磁気情報を盗まれた人の7割がカードとロッカーの暗証番号が一致しており、預金を引き出されていた（読売新聞など）。

中高年の心理をよく考えているなと思う。ゴルフ場の貴重品ロッカーは100単位で設けられている場が多い。プレーに夢中になると、帰りに、さて何番に預けたかが問題になる。ロッカー番号の紙片はとっくに、どこにいったか分からない。その上、4桁の番号まででおぼえるのは無理。ついついキャッシュカードと同じ番号になる。私は今でも、そうだ。加えて、カードは戻っているのだから、まさか預金が引き出されているなんて。

それにしても番号が多すぎる。キャッシュカードだって一つではないだろう。ほかにクレジットカード、パソコンのパスワード、最近は運転免許証まで。さらに、類推されやすいから、誕生日は避け、時たま変更を求められる。だんだん分からなくなる。

1年ぐらい前、高額の送金の必要が生じ、通帳と届け出印を持って銀行窓口に行くと、暗証番号で送金できると言われ、答えたら、違っていた。3回間違えば使えなくなるので、結局、届け出印を使った。窓口の行員は「このおっさん何だろう」と思ったことだろう。

中高年になると、4桁をおぼえられないのか。おぼえたと思っても、やっぱり忘れてしまうのか。

犯罪と検挙、さらに防犯も時代とともに変遷する。貴重品ロッカーは衣服のロッカー（これも暗証番号のものがあるが）では危ないと設置されたもの。それがかえって危ないのだから。身に着けてプレーすればいいとも思うものの、落とす恐れもある。一番安全なのは、フロントに貴重品袋で預かってもらうことか。しかし、ロッカーが圧倒的に多い。

「振り込め詐欺」は、今はなんと呼ぶのだったか。新手の犯罪は次々に出てくる。対応すれば、また手口を変える。対応して法令を作っても、すでにその時点で、犯罪の方が先に行っている。イタチごっこだ。

三十数年前、福岡県警回りのころ、防犯部を担当していて先物取引を装った詐欺事件を多く取材した。うまい話はないのに、と思ったが、次から次に起きる。被害者は新聞は読まないのか、テレビのニュースは見ないのかな、とも思ったりした。

警察も全てを摘発、検挙できるわけではなく、「岸本さん、（摘発されずに）カナダに鹿を撃ちに行っている奴もいるんですよ」と言っていた。さらに豊田商事事件では「太らせ過ぎた」との悔恨の言葉も聞いた。事情は今もそう変わらないだろう。

違っているのはインターネット犯罪。こうなると、アナログ世代の私には分からない。

卑近な例では、ネットには裸があふれている。厳密には公然わいせつ、陳列罪などだが、摘発は追いつかない。

退職前、個人用のパソコンを買った。ある日、携帯電話メールに「(アダルトと思われる）サイトを見ているが、(この電話番号に）連絡してください。連絡のない場合は自宅に請求書を送ります」と入ってきた。パソコンでアダルトを見ることもあるが、有料サイトには接続していないはず。電話番号も自宅も相手は把握しているのか、と少し薄気味悪くなった。

別に、自宅に送られても支障はないので放置していたら、なにも来ない。多分、アトランダムに送信しているのだろう。連絡していたら、どうなっていたのか。

高齢になり、さらに退職して、先物詐欺などに引っかかる気持ちが分かるようになった。現役のころは、月々給与が入ってきた。ところが退職すると、手持ちの老後資金は減るだけ。少しでも増やしたい、減らしたくないというのが人情だろう。気持ちは分かるが、何千万円もの被害になれば、普通に生活すればそれだけで十分では、と思うのだが。

本当の儲け話は他人にはあまりしないものだというのをかみしめたい。

今は、4桁の数字が氾濫している。カードなどはしばらくの間使わないと、どの数字だったかと一瞬、考える。私より若い友人は、メモしていると言っていた。防犯面ではよくないが、そうも言っていられない。憶えているつもりが、忘れている。

20年近く使う携帯電話番号を語呂合わせで、最近やっと憶えた。これはいいと思っていたら、この前、必要があって教えたら、1つ間違えていた。

〔西風〕２００９年11月13日　**殺人**

島根県浜田市の女子大生殺害事件。勉学はもちろんのこと、アルバイトにも励んでいた、花も実もある人生を、わずか19歳で断ち切られた。無念だ。ご両親は、娘を失っただけでも耐えられないのに、遺体が切断され、遺棄されたとあっては、何と言えばよいのか。

離れて暮らす娘を持つ親がそうするように、私も帰宅が深夜になる次女に「気をつけろよ」と電話した。気にしだすと際限がないので、日ごろは考えないようにしているのだが。

事件の一報を聞き、１９９４年3月の福岡市の女性美容師殺害事件を思い出した。ひな祭りの3日、福岡、熊本両県の九州自動車道のパーキングエリアで両腕が見つかった。翌日には左手首、ＪＲ熊本駅のコインロッカーから二つに切断された胴体が発見された。身元は7日、家族から連絡がつかないとの届け出があり、遺留指紋から判明した。30歳。一人暮らしだった。

変質者による猟奇的犯行が疑われた。しかし、身元判明から8日後、逮捕された犯人は元同僚の女性事務員（当時38歳）。特定にむすびついた一つに、インターチェンジ入口や国道のカメラがあった。当時は知らず、「そんな所で写真を撮られているのか」と驚いた記憶がある。

遺体の切断は、多くの事例が示す通り、遺棄するのに運びやすいようにするためだった。裁判では供述を変え、無罪を主張したが、最高裁で懲役16年が確定した。しかし、動機や殺害方法はその胸にしまわれたままで、頭部なども発見されていない。

今回の事件では、犯人の1日でも早い検挙はもちろんだが、未発見部位の遺体が見つかり、少しでもご両親の慰めとなることを願わずにはいられない。

浜田市女子大生殺害事件は発生から5年余になるが、犯人は検挙されていない。その後、２０１０年3月、福岡市でも当時32歳だった女性会社員の切断遺体の一部が発見される事件が起きたが、未解決となっている。警察当局は懸命な捜査を続けていると思うが。

美容師殺害事件で、インターチェンジのカメラに驚いたことは昔日の感がある。国道にカメラがあるのは、当時でも知っていた。カメラ設置に当たっては、交通情報のためと説明されていたように記憶する。

それがこの20年でカメラ社会になってしまった。自動車道、主要国道はカメラだらけ。さらに、公共施設や人の集まる場所で、カメラがないところを捜すほうがむずかしい。これにコンビニの増加が拍車をかけている。

私の住むマンションは築20年ぐらいだが、数年前「子供の安全のため」とカメラが設置された。酔いたくれて、深夜、未明に帰宅することもあった身には、「ちょっと止めてほしい」という気もした。しかし、「子供の安全」と言われれば、反対もしにくい。「安心」「安全」を錦の御旗に増殖につぐ増殖。高齢になり、小便が近くなった身には、おちおち立ち小便もできない。

捜査には著しく貢献しているようだ。車のナンバーさえ分かれば、たちどころに所在がつかめる。事件があれば、聞き込みはもちろんだが、最初に押さえるのは、コンビニなどの防犯カメラ。他者への関心が薄くなり、聞き込みをしてもかつてほど情報が得られなくなったと言われ続けて久しい。しかし、それを補って余りあるのではないか。

所在確認には携帯電話。微弱な電波を常時、出しており、それを捕捉しているアンテナの近くにいることが分かる。10年ほど前には、捜査に使われていた。今は徘徊する老人の位置情報を知らせる機器ができるぐらいだから、捜査ではどうなのだろうか。

〔ぷりずむ〕1992年5月14日　**節目**

四月から週に数通は異動の挨拶状をもらう。社内が多いが、取材でお世話になった人、大学の先輩なども混じる。新しい職場での決意表明の文面が多く、ともすれば日常に流されがちな記者も「ぼくもやらねば」と覚せいさせられる。

一通は今春、福岡県警を勇退したK警視から。警察官生活三十八年。そのほとんどは殺し、放火などを扱う捜査一課強行犯担当。夜討ち朝駆けで、迷惑をかけ続けだった。再出発は、県警があっせんする職場ではなく、これまでの経験を生かして「危機管理会社」を設立した。新しい試みだけに心配だが、成功を祈らずにはおられない。

十数年、警察担当記者だっただけに、現場仕込みの話を多く聞いた。殺しなどで捜査本部ができると、犯人検挙は「発生から三日、一週間、一か月、半年、一年、三年が節目」も、そのひとつ。三日で挙がらなければ、一週間、それがダメなら一か月の意味。初動捜査がいかに大事かとも取れる。同様の日数は職について辞めたくなる時期にも符合すると言った刑事もいた。

新入社員にとっては今が一か月に当たり、「五月病」の季節。「第二新卒」の言葉もあるほどで、転職が増えているが、半年、いや一年、「石の上にも三年」だから三年待っても遅くはない。

翌年春、福岡総本部・社会部に異動となり、福岡県警キャップを務めた。Kさんには、その後もいろいろ、教えを乞うた。Kさんが捜査一課の特捜班長の時には、数々の殺人事件を担当していたが、未解決はなかったと思う。彼の手法は、発生直後は広く「証」を集めることだった。どのような証拠だったか忘れた。しかし、ともすれば自白に頼る傾向がまだまだ強い時だっただけに、「そうなんだ」と思った。それだけに、退職後も、警察の紹介ではなく、経験や知識を生かして起業をしたのかなと。

キャリア、県警採用の警察官を問わず、警察当局の再就職の世話はていねいだ。天下り、癒着の批判はもちろんある。しかし、それが警察組織のロイヤリティーを維持しているひとつの柱でもある。そして、需要も確かにある。

もっとも上に厚い。もう何年前か、警視長まで上り詰め、県警採用組のトップだったＯＢに、街でばったり会った。70歳は超えているはずだが、名刺をもらった。いったい、何か所目かは聞き忘れた。

話は変わるが、２０１４年11月、70代の夫に青酸化合物を服用させ殺害したとして、60代後半の妻が京都府警に逮捕されたと新聞各紙が報じた。妻はこれまで4回結婚、交際相手も含め、この夫以外に結婚や交際後数年のうちに5人が死亡、中には財産贈与の公正証書を作成させていた人もいた。夫などとは結婚相談所で知り合ったという。

びっくりしたと同時に、逮捕の前月、作家の黒川博行氏の直木賞受賞第一作として刊行された『後妻業』（文藝春秋）と、青酸化合物は別にして、結婚相談所を通じての再婚、再々婚、公正証書遺言状作成など、手口が似ている。小説が事件を先駆けたと言われた。小説は、「そこまでやるか」とも思いながら、息もつかせぬ展開で、おもしろく読んだが。

逮捕前に、黒川氏は読売新聞などのインタビューに、小説は知人の実体験がベースになっていると答えていた。それが検挙されたのかとも思ったが、雑誌連載は２０１２年からで、黒川氏も検挙後、別と明言している。ということは、ほかにも事件化しない同様なことがまだまだ発生しているということだ。それに小説のように、共犯、黒幕はいないのか。

高齢化社会の新手の犯罪だ。

黒川氏は、検挙後、「オール讀物」1月号のインタビューで話している。▽ターゲットは結婚相談所に登録すれば簡単に見つかる。結婚相談所では高齢で資産家だとめちゃくちゃもてる。▽保険金が絡んでいないというのも手口としては新しい。〝後妻業〟は死ぬのを待てばいいというところでも事件化がむずかしい。▽毒物を使わなくても死に近づける方法はいくらでもある。持病の薬を取り換える、倒れても放置するなど。そして「単に亡くなるまで何年か待ってもいいわけで、そういう消極的〝後妻業〟も含めるといまの世の中は後妻業だらけですよ」。

考えると、女性が被害者となることはないのかな。平均寿命は女性が長いとしても、高齢女性を狙えばいいわけだから。女性は配偶者と別れても一人で強く生きている人が多いように思う。男性は寂しがりだからか、つけこまれやすいのか。

災害列島

〔西風〕2014年2月1日 **藤田スケール**

埼玉県東部と千葉県野田市などを昨年9月、竜巻が襲い、64人が重軽傷を負い、全壊13棟を含む建物約1000棟が被害を受けた。竜巻の強さは「F2」（風速50－69㍍）と発表された。Fがシカゴ大名誉教授藤田哲也博士（1920－1998）の頭文字から取ったものと知ったのは、何年前だったか。竜巻の強度をF0からF5までの6段階に分類した「藤田（F）スケール」は世界の尺度になっているのに。

1998年公開の米映画「ツイスター」。牛やタンクローリーが空に巻き上げられ、米国の竜巻のすさまじさが強烈に印象に残った。今回、改めてDVDを借りると、せりふの字幕に「F」が出てくる。当時は気づかなかった。

藤田博士のことを少し知ったのは、西日本シティ銀行の本支店に置いている小冊子「北九州に強くなろうシリーズ」。18号は「世界の竜巻博士　藤田哲也」。富田侑《ゆう》嗣《じ》九工大名誉教授が博士について語っている。それによると、北九州市小倉南区中曽根出身。小倉中（現小倉高）在学中に父を亡くすも、周囲の理解と支援で、明治専門学校（現九工大）に進学。同校助教授だった1947年（27歳）、脊振山の雲海調査で「下降気流」を発見。国内では見向きもされなかったが、シカゴ大の気象学の権威に評価され、53年渡米。調査と研究を重ね71年には親子竜巻を発見、Fスケールを発表。

さらに、75年、イースタン航空

の墜落事故原因を異常気象の「ダウンバースト」と裁定。賛否渦巻く中、立証され、現在では、その種の事故がなくなったという。

昨年、長崎への原爆投下直後の8月20日から、爆心地に入って撮影した写真と爆風の強さを表す地図が見つかりニュースとなった。

九工大・百周年中村記念館に「ミスター・トルネード　藤田ギャラリー」があり、昨年12月、訪ねた。研究機器や各種表彰品などが展示されていたが、思ったよりこぢんまりしたものだった。

「西風」　2012年9月1日

関東大震災

きょう9月1日は防災の日。89年前の1923年（大正12年）のきょう関東大震災が起き、死者、行方不明者は10万人を超えた。治山治水に膨大な予算を注ぎ、防災訓練を重ね意識を高めてきたが、災害は間断なく列島を襲い、昨年は東日本大震災が発生した。

吉村昭の「三陸海岸大津波」「関東大震災」（いずれも文春文庫）に触発され、3月、上京した際、旧陸軍省被服廠《しょう》跡を訪ねた。6万7000平方㍍の空き地だった同地は、地震後発生した火災などからの避難民が押しかけ、その数4万人に及んだという。旋風が起き、避難民が持ち込んだ家財などに飛び火、阿鼻叫喚《あびきょうかん》の地獄と化し、焼死、窒息死、圧死などで実に3万8000人が死亡したという。

同地の一部は現在、横網町公園（墨田区横網2）になっており、震災後、建設された「震災復興記念館」が建つ。太平洋戦争では東京大空襲などで震災以上の犠牲者が出た。戦後、震災時の遺骨に加え、空襲時の遺骨も安置、その数16万3000体にのぼるという。名称も東京都慰霊堂に改められている。

訪れた日は好天。寺の境内にでもいる感じ。東京スカイツリーもよく見えた。堂内で慰霊牌にお参りし、掲示された当時を再現した絵画などを見ていて、身が震えた。

炎天下の7月。福岡ソフトバンクホークスがキャンプを張る宮崎市のアイビースタジアム。正面入り口に「指定避難所（風水害・地震）この土地は標高17・2ｍ」の表示板があった。宮崎県は東南海・南海地震防災対策地域に指定されている。先日発表された南海トラフ巨大地震の各県最悪ケースの想定では、死者4万2000人。

東日本大震災後、市内で表示された指定避難所は126か所、標高表示は2000か所を超える。青島地区では一般道から高い自動車道に上がるための避難道の工事も進んでいた。

自分自身もできる範囲で備えたい。

標高表示はその後、他地域でも多く見かけるようになった。宮崎市で言えば、青島地区や一つ葉地区は鉄筋のビルのホテルなどがあり、避難所となっている。しかし、他地域も含め、近くに逃げる丘や山、ビルのない地区の避難所については緒についたばかりだ。私は何を備えたか。埋立地のマンションの2階に住んでいる。津波の際は、博多湾にそんなに大きな津波が来るかなと思いながらも、高層階に駆け上がることにした。インスタントラーメンに缶詰を買った。壊れた懐中電灯も更新、携帯ガスボンベも備蓄、携帯ラジオも引っ張りだした。旅行中はどうするのか。宿泊先の非常口の確認をするだけしかない。あわないよう祈るのみだ。

［西風］ 2012年7月23日 **大水害**

きょう7月23日は、長崎大水害の日。30年となる年に奇《く》しくも「九州北部豪雨」が起きた。依然、どこかで犠牲を払わないと梅雨は明けないのか。

1982年7月23日午後7時ごろから、長崎市と隣町の長与町では1時間雨量187ミリを記録、長崎市内で24時間雨量527ミリ。市内各地で河川が氾濫、土砂崩れが頻発した。夜間とあって避難もままならず、死者、行方不明者299人を数えた。「湿舌」もこの時、初めて知った。

　読売新聞長崎支局に在勤中。夏休みで大分県の離島に帰省しており、24日未明、呼び出しを受けた。JR長崎線は不通で、福岡市から西鉄電車、タクシー、フェリーと乗り継ぎ、島原半島に渡り、タクシーで東長崎に。道路は土砂で覆われ、山の斜面は土砂崩れが何か所も起きていた。泥まみれになり、写真を撮りながら、徒歩で峠越え。支局に着いた時は、すでに暗くなっていた。

　集落そのものが土砂で埋まった被災地もあり、捜索も長期間にわたり、気づいたら季節は秋を迎えていた。

　長崎大水害の時は、豪雨後、梅雨明けし、晴天の下で捜索、復旧が始まったが、今回は11日から17日まで豪雨が続いた。それも熊本、大分、福岡三県の広範囲にわたった。本当に「経験したことのない」未曾有の豪雨になってしまった。それでも梅雨明けしない。

　一級河川の矢部川の決壊、筑後川、白川の氾濫は回避できなかったのか。豪雨のたびに繰り返され、多くの人命を奪う土砂崩れ。せめて、崩れる前に避難することはできないのか。復旧とともに検証も大事だ。

　変わったのは雨の降り方だけではない。天気予報は格段に進歩している。それを生かせないのが悔しい。被災地に即日ボランティアが駆けつけるのも30年前にはなかったことだ。

　長崎大水害からだいぶたったころ、消防団員として警戒出動していて、自宅が土砂崩れにあい、妻や帰省していた娘や孫を亡くした男性が自殺した。心のケアも求められる。

　長崎大水害の翌年、島根県浜田市など同県西部を中心とした「昭和57年豪雨」が起きる。これも梅雨明け前の7月23日。死者行方不明者112人にのぼった。

　多くの人命が失われるのは、土砂崩れ。

平成の大合併前の旧長崎市は平地がほとんどなく、多くの家屋が山や丘陵の上か斜面に建てられている。土砂崩れがあればひとたまりもない。ＪＲ長崎駅に降り立ち、山を見上げると、急峻な山の頂上まで、家屋が駆け上がっている。多くの人が驚く。浦上地区の一部を除いて、ほとんどがそうだ。私は上小島《かみこしま》の祝捷山《しゅくしょうざん》と呼ばれる山のすぐ下に住んでいた。小学生だった長女の下校は、毎日「登山だね」と笑っていた。

しかし、長崎大水害の時は、中心部は眼鏡橋のある中島川が氾濫したが、江戸時代から続く街は大きな土砂崩れはなかった。多くが戦後、都市の膨張とともに、拡張した住宅地だった。昔の人は水が出るところを知っていたと思う。そういう土地に家は建てなかった。

同じことは、２０１４年8月20日に広島市北部で発生した、死者、行方不明者75人の土砂災害でも言えるのではないか。

デルタ地帯の広島市と考えられてきたが、１００万人を超える中国地方の最大都市として、山の方に宅地は延びるしかない。水が出る、山崩れ、土砂崩れの土地まで宅地としてしまったのでは、と長崎の経験から考えていた。

歴史学、古文書を読み解いて、最近、津波など天災について発言の多い磯田道史氏の『天災から日本史を読みなおす――先人に学ぶ防災』（中公新書）が、災害後出版されたので読んでいて驚いた。同書によると、災害にあった同市八木地区は、広島市との合併前は佐東町。同町史に「本町の扇状地は、背後に急傾斜地を持つことから、幾度もの土石流が重なって形成されたと考えられる」と書いてあり、住宅地にありありと残る土石流跡の竹やぶの写真が掲載されている、という。

こうなると、水が出るなどの話ではない。家を建てる人も借家で住む人も、そこまでは知らない。

考えるのは、土地の値段であり、家賃であり、通勤の便など。警戒区域でなくても土砂災害などにも注意を払わなければならない。「安全」と思って暮らしていても、どこに落とし穴があるか分からない。

〔西風〕２０１１年7月28日　**東日本大震災**

先週末、「がんばろう東北」の思いを込め、福島県会津地区と宮城県・松島を2泊3日で訪れた。初めての東北新幹線「やまびこ」の2階席だったが、夏休み最初の週末にもかかわらず、行きも帰りも車内には余裕があった。

会津若松市では、鶴ヶ城を見学、周囲を歩いたが、地震被害はないようだった。東山温泉に1泊した。夜の食事の牛肉を「岩手産です」と説明された。土地の食材を提供できないのは何とも悲しい。ホテルなどの駐車場には「いわき」ナンバーの車が多く、浜通りから多くの人が避難していた。

タクシーの運転手は6割の減収、ホテルの従業員の少なくない人が解雇されたという。「先がどうなるんですかね」

松島観光の拠点の松島町は湾内に浮かぶ島々が防波堤となり、比較的被害が少ないと言われている。それでも犠牲者を出し、よく見れば海沿いの遊歩道の一部は破損している。松島海岸駅で乗ったタクシーの運転手が「九州からですか。それなら（北）隣の（東松島市の）野蒜《のびる》を見学して帰ってください。自分の目で見て今後の防災に役立ててください」と勧められた。観光客が行っていいものかどうか逡巡していたが、この勧めで踏ん切りがついた。

ホテルから翌早朝の野蒜行きのタクシーを電話予約した際、その運転手は自宅、さらに子供の自宅を流されたことを知った。

午前6時過ぎ、タクシーでＪＲ仙石線野蒜駅から海側に入ると景色が一変。集落は、広大な池が2つあり、一部家屋が残っているものの、ほとんどが更地となっていた。残った家も1階は流され、家財が散乱している。池は、前は田畑だったという。誰もおらず、まさに廃墟だ。

　海岸に行くと堤防だったコンクリート片が積み上げられ、車から太平洋が見える。海岸から随分離れた小学校の体育館は普通のようだったが、ここも津波が襲い、避難していた多くの人が亡くなったという。勧めた運転手とは別の運転手だったが、目が潤んでいた。

「ここから北上するともっとひどいんです」

　東松島市の死者、行方不明者は1000人を超えている。


　あの衝撃的な映像を見てから、4年にもなる。2014年11月に、被災地を旅行した友人は「復興はまだまだだ」と話していた。

　復興はもとより大事であることは言をまたない。同様に大事なのは被災者、特に身内を亡くされた人のケアだ。私自身が何をしているわけでも、何をできるわけでもないのだが。できない分だけ、前記コラムの東北旅行は、少しでも復興に役に立ちたいという気持ちからだった。友人もそうだったと思う。機会があれば、福島県から青森県まで被災地を北上したいと思っている。

　もう一つ大事なのは、次世代にどう引き継ぐか。そして、タクシーの運転手が言ったように、防災に役立て、まずはいかに自分自身を守るか。

　空前の、それも原発事故まで引き起こした被害も合わせて、長く記憶と記録が残ると思うし、何世紀にもわたって残さなければならない。今回は、残し、引き継ぐのに、これまでなかった津波が襲う多くの映像資料もある。当日、NHKが上空から中継した津波が襲う映像は忘れようにも忘れられない。今、起きている現実のものなのかと、映像の訴える力のすごさを改めて実感した。中継はヘリコプターの音だけだったと思うが、地上では阿鼻叫喚の地獄であったと考えると、見ているのが悪いような気がした。それでも何時間にもわたって見てしまった。

犠牲者、被災者の一人ひとりには、思いがある。その思いを残していくことが、映像を次世代、さらにその次の世代に引き継ぐことと共に、大事だと思う。取材の機会はなかったが、私は私の周りで、語り、話したいと思っている。

南海地震は確実に来ると言われている。その被害想定地域に住んでいない人も、出張や旅行で滞在しているかもしれない。さらに、地震はどこで起きるか分からない。個人から国政まで喫緊の課題だ。九州北部、特に玄界灘沿岸は地震が少ないと言われ、九州電力が玄海原発を立地した理由のひとつにそれがあったという話も聞いた。私も福岡は地震がないと思っていた。

2005年3月20日の福岡県西方沖地震の時は、日曜日でのんびりテレビを見ていた。最初の揺れの時は、地震とは思わなかった。少しして「地震だ」と分かったが、恥ずかしながら、分かってからもソファーで固まっていた。揺れが収まってから、出社しなければと着替え、外に出た。

その時、同じマンションの住人の多くは、すでに外に出ていた。すぐ外に出るのがいいのか悪いのかは、議論の分かれるところ。しかし、東京でマンションに住む義姉は、地震があると「まずドアを開ける」と言っていた。

前掲の『天災から日本史を読みなおす』は地震・津波のことに多く触れている。古文書等に多くの今に役立つ防災のことが書かれていることを教えてくれる。知っているか、知らないかで、生き残るかどうかが分かれると。津波に備えて、避難場所や避難経路を確認、家族とも話し合っておき、最後は「津波てんでこ（めいめい逃げる）が津波避難の鉄則だ」という。鉄則は江戸時代から変わっていない。

農業を考える

【西風】2012年11月23日　**飯米救国**

「ハンベイキュウコク」と来ると「アンポハンタイ」と続きそうだが、実は「飯米救国」の字をあてる。熊本県南阿蘇村の東海大学農学部の片岡正美教授が提唱する米飯推進キャンペーンのスローガンだ。月刊誌「望星」11月号の「『飯米救国』のススメ」の論文に詳しい。

日本の食糧自給率は40%、穀物に限れば28%。現在でも世界の穀物総生産量に対し輸出量は10−12%。近年、バイオエネルギーの原料、さらに生活水準向上に伴い、さらに減ることが予想される。反面、国内では米食が減り、1968年に1445万トン生産していたコメは、現在では700万トン台に落ち込んでいる。唯一国内で自給できる穀物のコメを食べることが、食糧安保につながり、農業振興にも役立つ。国民一人ひとりが、今より1杯多くご飯を食べようとの呼びかけだ。

私は元々米飯党だ。コメがほとんどとれない離島出身で、子供の時の飯は麦が混じり、給食もなかった。米100%の飯はそれだけでごちそうだった。毎日食べているが、先日、おいしさを再認識した。飲み友達と芋煮会をした際、羽釜を使いかまどで炊いたご飯の何と美味だったことか。おこげも何十年かぶりだった。余ったご飯を持ち帰り、夜、冷や飯を食べたが、これもうまかった。血糖値のことは忘れていた。

いよいよ総選挙。環太平洋戦略的経済連携協定（TPP）の議論が盛んになり出した。貿易立国の日本が貿易自由化交渉に加わらないわけにはいくまい。しかし、食糧、農業は留保しないと、お金があってもお米が買えないという事態には陥らないのか、おいしいご飯が食べ続けられるのか、不安が残る。農業者だけでなく、瑞穂の国の民として考えたい。

［西風］ 2010年5月29日 **口蹄疫**

宮崎県の口蹄疫《こうていえき》のニュースに胸を痛める日々が続いている。殺処分される豚、牛の数が日々増え続けている。生産農家や関係者はどう過ごしているのか。

最初に発生した児湯《こゆ》郡都農《つの》町から、国道10号線を川南《かわみなみ》、高鍋、新富町と南下して広がった。10号線は日本有数の畜産地を貫通している。南下が続けば、都城地区、さらに鹿児島県と大畜産地に続く。これらの地域もすでに子牛のセリが中断され、予定された現金収入がない上、餌代だけがかさんでいる。やはり眠れない夜を過ごしているのではないだろうか。

読売新聞宮崎支局に2度勤務、取材や遊びで児湯郡には何度も車を走らせた。川南町は戦後の開拓地で、全国から入植、「合衆国」と呼ばれ、様々な姓の人に出会った。10号線から一歩入ると、広い農地と畜舎が点在する。高鍋町は上杉鷹山出身の高鍋藩の城下町であり、都農町は近年では都農ワインを売り出している。西都原古墳群で知られる西都市を含む児湯地域は、マンゴー、ピーマン栽培なども盛んで、宮崎県を代表する農業地帯だ。

二十数年前、日向市から都農町までのリニアモーターカー実験線の視察で、「トリ小屋とブタ小屋の間を走っている」と揶揄《やゆ》した大臣もいた。しかし、関係者の努力で、「宮崎牛」「ハマユウポーク」などブランド化に成功、近年ますます評価が高くなっていただけに、なんでかな。

救いは、支援の輪が広がっていること。ゴルフの横峯さくら選手、キャンプを張る読売巨人軍、ソフトバンクホークスをはじめ、日々増えているという。福岡市・天神のアンテナショップにも募金箱が置かれている。

魚派だが、いっときは肉派に転向、日替わりで宮崎産の豚足、地鶏の炭火焼き、そしてステーキをつまみに焼酎を飲もう。

［評伝］2001年12月25日、宮崎版

自然生かした宮崎築く、ハード先行のリゾートに懸念

県内の沿道は、四季折々の草花が咲き、美しい。ドライブで、それを見るたびに、黒木元知事を思い出す。知事在任中、全県公園化運動に取り組み、一九六九年、沿道修景美化条例（その後、県自然環境保護と創出に関する条例）を制定、その遺産とも言える。条例は国の自然環境保全法（七二年）に先駆けるもので、「アイデア知事」と言われた業績のひとつだ。

農政通とも言われ、今では当たり前となった早期水稲も、台風被害を避けるため、襲来前の収穫を呼びかけた「防災営農」が始まりだ。さらに、県独自の農業後継者育成事業を六二年に始め、農業の実践学習を展開させ、多くの後継者が育った。

黒木氏は五九年から六選され、約二十年にわたり、知事を務めた。六選目（七九年）ごろには、宮崎観光の凋落《ちょうらく》が顕著になり、宮崎空港滑走路の延長が実現しないこともあって、停滞感が漂い、多選批判が強まった。

七九年二月に、宮崎市内の建設業者から三千万円のわいろを受け取ったとして告発され、四月に六選したものの、六月、宮崎地検に受託収賄容疑で逮捕された。八三年三月、一審で懲役三年の実刑判決を受けたが、八八年七月の控訴審では一転して、無罪（確定）となった。

判決は、告発側の証言は信用できないとしたものの、一方で、政治献金として受け取ったとする黒木氏の証言も全面的に信用できないとするものだった。

事件が県政界、特に自民党、保守層に与えた影響は計り知れない。

事件後、自民党、保守層は表とそして裏で、黒木派、反黒木派として、確執を繰り返している。先の参院選宮崎選挙区の自民党公認問題、同党の県議会会派の分裂も他の要因はあるものの、底流にあるのは、両派の対立と言える。

　黒木氏自身は、無罪確定後も、公式行事に姿を見せることはほとんどなく、公職にも就かず、悠々自適の生活を送っていた。記者は無罪が確定してから三年後の九一年五月、知事選企画取材のため、氏の自宅で初めてお会いし、ロングインタビューした。事件のことはほとんど語らなかったが、記憶は鮮明でかくしゃくたるものだった。

　その時、リゾート開発について「現状はハードだけが先行し、金だけが独り歩きしている。非常に恐ろしい」と話していたのが印象的だった。ごめい福をお祈りします。


宮崎県知事を務めた黒木博（1907－2001年）の評伝。黒木の死亡記事は別稿であった。黒木にインタビューした時は宮崎支局員で、県政担当記者だった。黒木が亡くなった時は奇しくも二度目の宮崎で、支局長をしていた。訃報を聞き、黒木に面会した記者もいないことから、即座に署名入りで評伝を書いたことを記憶している。

企画は、黒木が知事辞任後、知事に当選した松形祐堯（1918－2007年）の4選を控えた選挙（1991年夏）前の企画。松形と共産新人との争いが予想されていた。一騎打ちと言えばそれらしいけれど、強固な保守地盤とあって、選挙をする前から4選は確定的。選挙を盛り上げようにも盛り上げようがない。それでは宮崎県知事選を振り返ろうと、宮崎版で「知事選ものがたり」を始めた。

企画の成否は、マスコミにも表舞台にも出てこない黒木がインタビューに応じるかどうかだった。人を介してだったのかどうかは記憶していないが、意外にすんなり応じてくれた。自宅で3、4時間インタビューしたのだろうか。よく話してくれ、写真撮影でもポーズをとってくれた。無罪確定から3年が経過しており、タイミングもよかったのかもしれない。

もう何年も経過していることを、いろいろと聞いた。答えはスラスラと返ってくる。原稿にする際、話したことの裏取り（確認）をすると、全く間違っていなかった。これはすごい、と思った。

お会いした時は、フェニックス・シーガイア・リゾートは工事中で、開業していなかった。黒木が心配していた通り、破綻したのはご存じの通りだ。

「防災営農」は6月に田植えをして、9月に穂が出る時期に台風が襲来し、収穫が落ちていたことから、4月に植え、台風襲来前の8月に収穫するようにしたもの。後作も野菜や飼料作物も作ることができて、畜産振興にもつながる。まだまだ食糧、米増産の時代の政策だった。

現在はさらに早くなっている。3月には田植え。おいしいと言われるコシヒカリの新米をお盆前に出荷しようとの狙いだ。

［報道eye］「NOKYO宮崎No.78」1992年2月

都市は農村に依る

二年前に宮崎に赴任し、県政を中心とした取材活動をしている。農協四連もカバーしている。しかし、農業は幅広く、かつ奥が深く、取材するたびに「分からない」を連発し、取材先に迷惑をかけている。

弁解にもなるが、例えばコメだけを取り上げても、新品種の開発を含めた栽培、入札制度も加わり複雑な流通、さらに今問題となっている輸入自由化問題など、ちょっとやそっとでは理解できないことばかりだ。コメだけでこれだから。畜産、園芸、さらに林業もある。しかもそれぞれに問題と課題を抱えているからやっかいだ。

県政を担当している関係もあり、

県の農政面からも話を聞くことが多いし、政治家から農業問題についての話も聞く。現状はどうで、何が問題で、将来はどうかと考えて取材し、原稿を書こうと努めている。が、県当局、農協当局の説明を報告するだけに留まっているのではないかと反省もしている。

記者は大分県の半農半漁の離島に生まれ、育った。父は村役場に勤めていたが、それで食えるわけでもなく、母は畑を小作し、サツマイモと麦を作っていた。段々畑でリヤカーの入らないあぜ道が多く、作物の搬出と肥運びで肩荷がきつく、「何で道の近くに畑がないのか」と頭にきていた。それが今はどうか。立派な道路に沿った畑でも、多くは荒れるにまかせている。

なぜか。

経済原理が貫徹したためと思う。畑は耕作しても合わないから、かつては漁船に乗らず、耕作していた主婦は漁船に乗り出した。もちろん漁業従事者が減っていることもあるが、麦やイモを作るよりは漁船に乗った方が金になるから。一部では高い高いと言われている農作物は、経済成長で上がった所得ほどには高くなっていないのも一因だろう。

もっともわがふるさとも例に漏れず過疎。しかし、近海魚の魚価が高く、クルマエビの養殖が好調で、さらに離島振興法の港湾工事もあったことが、農業を切り捨てても村が維持されてきた理由だ。

農林業が主体の地区は農業を切り捨てられない。しかし今の過疎は農林業、さらに漁業も含めた第一次産業が経済原理で切り捨てられている結果であり、経過でもある。

無理もないではないか。同じ報酬なら仕事は楽がいいに決まっている。一戸建てに住み、豊かな自然とはいっても、子供が大学に進学する時はどうするのか、医療はと言われたらどうするのか…。多くの人は墳墓のある地で暮らせたらと思うのにだ。

ではどうするのか。県は第四次農業振興長期計画で「売れるものを作る」をメーンに、平成一二年には中核農家の平均所得を八百万円以上にしようと各種施策を展開中だ。成果に期待したいが、何が消費者ニーズなの分かりにくいし、また花きの輸入にみられるように、今後も常に世界を視野に入れての経営が求められるなど簡単ではない。どうしたらいいのか記者も分からない。

しかし一つだけは言える。都市は農村に支えられている。当たり前のように買っている生鮮野菜の作り手さえもいなくなりつつあり、先の台風被害で高騰したが、台風だけでなく作り手不足もあると聞く。さらに蛇口をひねれば出る水。

一昨年東京が渇水になりかかり、台風襲来でことなきを得た。これ以上、経済原理だけで第一次産業を切り捨て、農山村を放置している現状だと、大渇水が来るのも遠くない。近い将来、きっと第一次産業が見直されると思うが、しかし後継者不足を見ていると、それまでもつのか、見直された時にはすでに取り返しがつかなくなっているのでは、と危惧している。

宮崎県農協中央会総務局広報課（当時）が発行する広報紙に、依頼を受けて書かせてもらった原稿だ。まだまだ若いころの写真付き。各新聞社の記者が寄稿していた。原稿が掲載されてから、すでに20年以上が経過している。第一次産業はますます厳しくなり、過疎は一段と進んでいる。この時にはなかった「限界集落」との言葉も生まれた。さらに日本自体が人口減に転じ、存続が危ぶまれる自治体も出てくると指摘されている。

幸いにして、東京大渇水はなかった。しかし、一極集中と水源地の疲弊を重ねると、渇水の恐れは十分にあると考える。原稿を書いた当時は、渇水があれば、政治、経済などあらゆるものの中心であるから、多方面で地方を、農林業など第一次産業を振り返るのではないか、と思った。

野菜など第一次産品は少なくなれば値が上がるものだが、不足すれば、値が上がれば、外国産がドンドン入ってくる。スーパーに行けば、中国など外国産の野菜は少なくない。同じことは魚介類にも言える。これでは、農山漁村が過疎にならないわけがない。

安心、安全な食糧、食品の確保、水源地を、いや日本の国土を守るためには、少し高くても国産を購入する消費者でありたい。さらに、所得補償も行い、安心して第一次産業従事者がその仕事に取り組めるようにしなければならないと思う。

２０１４年、50年近く続いた減反政策が見直され、２０１８年度から始めるという。２０１５年には農協法を改正し、全国農業協同組合中央会（ＪＡ全中）の地域農協に対する指導・監査権を廃止し、全中は２０１９年3月までに一般社団法人に転換することになる（読売新聞など）。約60年ぶりの改革で、農業、農協は大変革の時期を迎えている。

入社試験の論文で減反について書いた。詳細は忘れたが、減反を続けると、田はなかなか元には戻らないというのが主題だった。しかし、米離れはさらに進み、元に戻すどころか、さらに減反面積が増えていった。代わりに食べているものに比べ、お米、ご飯は決して高くはないのに。それでも「飯米救国」で、あと1杯のご飯を食べれば、それも国内の魚をおかずにすれば、小さなことだが、過疎対策にもつながっていくのではないかと思っている。

いろいろなこと

〔西風〕 2014年1月18日 **大型化する護衛艦**

海上自衛隊の輸送艦「おおすみ」（基準排水量8900㌧）と釣り船が衝突、2人が死亡した。海上保安部の徹底した捜査が求められる。読売新聞などには、両船の大きさの比較として、イラストで全長178㍍対7・6㍍と掲載され、衝突すればひとたまりもないことを明示していた。

海自艦船は近年、急速に大型化している。「おおすみ」型もそのひとつだ。輸送艦となっているが、米海軍佐世保基地に配属されている強襲揚陸艦と形状は似ている。

読売新聞佐世保支局在勤中、海自の1997年版のカレンダーをもらった。所属する艦船と航空機がイラストで網羅された1枚だ。艦船で最も排水量が大きいのは、なんと南極観測船の砕氷艦「しらせ」（初代）。1万㌧を超える唯一の艦船だった。護衛艦では、高価なイージス護衛艦「こんごう」型が最大で7250㌧。

かつての同僚からもらった2014年版。最大は護衛艦「ひゅうが」型。1万3950㌧、全長197㍍。ヘリコプター11機搭載可能。そのうちオスプレーも発着しそうだ。

広辞苑で護衛艦は「海上自衛隊の主力をなす艦種。各国の駆逐艦に相当するが、近年大型化が進む」とあるが、その定義を大きくはずれ、軽空母並と言われている。

一昨年夏、上京のついでに「YOKOSUKA軍港めぐり」のクルーズ船に乗った。米海軍のイージス艦は停泊していたが、原子力空母「ジョージ・ワシントン」は出港中で不在。一方、海自艦船の中に、東日本大震災救援活動後の「ひゅうが」が停泊していた。ガイドの「(艦船名の)ひゅうが(の字)が小さいでしょう。ひゅうが(の船体)が大きいから小さく見えるのです」との説明が印象的だった。

まだまだ大きくなる。昨年進水した護衛艦「いずも」は1万9500トン、全長248メートル。旧海軍の空母「飛龍」を超える。来年には就航予定だ。防衛、国際貢献など考え方はいろいろある。が、改めて思う。海自は人員、練度が果たして大型化に伴っているのかと。

衝突事故は、2015年2月、国の運輸安全委員会が調査報告書を発表。釣り船が事故直前に「おおすみ」に接近する方向に進路を変更し、「おおすみ」の回避行動が間に合わなかったのが原因(読売新聞)とした。

2014年の読売新聞と米ギャラップ社の日米共同世論調査。信頼する国内の組織や公共機関(複数回答)を聞くと、日本では自衛隊が75%に上り、東日本大震災以降、4年連続トップとなった(2014年12月24日、読売新聞)。憲法9条の絡みで、かつての革新、左翼勢力から非難、攻撃を受けてきた時代を知っているだけに、隔世の感がある。自衛隊関係者の努力の積み重ねと、国民の多くが現実を見つめてきた結果だと考えている。

どう見ても戦力なのだから、憲法9条の「戦力は保持しない」は改正しなければ、おかしいのではないか。憲法できちんとさせることが、あいまいであやふやな国のあり方、防衛、自衛権をはっきりさせることになる。自衛隊のモラルの向上にもつながるだろう。戦力と認めたからといって、すぐ戦争になるほど、70年近くなる日本の戦後民主主義は脆弱ではないだろう。自衛隊を戦力として認めることと、戦争になるというのは別な問題だろう。

最も危惧するのは、旧日本軍の悪しき伝統の復活である。2014年9月、海上自衛隊横須賀地方総監部は、2013年に護衛艦で、上司のパワハラで乗組員が自殺したと記者会見して、認めた。その前の4月には、2004年に別な護衛艦で、乗組員が先輩のいじめで自殺、遺族が起こした損害賠償請求訴訟で負けている。いじめなどで処分される自衛隊員は跡を絶たない。

旧海軍のいじめの苛烈さは、その汚点として、多くの著書などが指摘しているところだ。さらに訴訟では、海自がいじめの内部調査結果を遺族に隠し、内部告発者を処分した事実も認定された。夜郎自大な隠蔽体質も旧軍を引き継いだのか。

足元を見つめてほしい。営々と築いてきた信頼が崩壊するのに時間はかからない。

［西風］２０１３年２月９日　**体罰**

大阪市立桜宮高校で、バスケットボール部主将の男子生徒（17）が顧問の男性教諭に体罰を受け、自殺した。さらに、柔道女子日本代表監督（39）らスポーツ界で、次々に暴行が明らかになっている。そしてまた、かつて聞き飽きた議論が繰り返される。「愛のムチだ」「信頼関係があれば体罰は許される」などなど。同じ議論の繰り返しでは、問題の解決は、百年河清をまつようなものだ。

城山三郎の「一歩の距離　小説予科練」（角川文庫）などの戦争文学には、バッター（精神棒）によるすさまじい暴力、リンチも描かれている。旧陸軍も含め、旧軍は上位者による下位者への暴力的教育、懲罰がまんえんしていた。戦後、その残滓《ざんし》が、広く社会に受け継がれた。特に上下関係をいう教育、スポーツ界に色濃く残ったのだろう。本当は最も清算されなければならない分野に。

私も40年以上前ではあるが、小、中学、高校と教諭に殴られた。中学時代は先輩にも。同級生の1人は「声が悪い」と連日、先輩に殴られていた。先輩が殴るのは「15の春」の不安のはけ口だったのかとも思う。教諭は「愛のムチ」というよりも彼自身の怒りの表れの方が強いと感じた。私も中学生の時、1回だけ、クラブ活動で下級生を殴ったことがある。自分を抑えられなかったと今でも思い出す。

社会に出て、少数ではあるが、殴る上司はいた。しかし、年月とともに、淘汰《とうた》された。家庭内暴力（DV）は犯罪となり、暴力の伴わないパワハラでも問題となるご時世。にもかかわらず、教育、スポーツ界でなぜ頻発するのか。

殴っても、愛のムチなどと言い逃れしてきたからでは。外形的事実は暴行、傷害などの刑事事件だ。解消には積極的に司法機関に告訴、告発するしかない。本当の愛のムチであるならば、違法性はないと公判請求もされないだろう。そうでないならば、キッチリ刑事罰を受けなければならない。

教諭はその後、傷害、暴行容疑で書類送検され、起訴された。2013年9月、大阪地裁は両罪で、懲役1年、執行猶予3年の有罪判決を言い渡した。教諭（懲戒免職となり、判決当時は元教諭）は控訴せず、確定した。

この事件は、あまりにもひどい暴力（傷害罪となるぐらいだから）と被害者が自殺するという最悪の結果によって、送検され、公判請求された。しかし、体罰に名を借りた暴行、傷害は依然繰り返され、多くが書類送検もされていない。体罰を容認する空気がまだまだ残っているからだろう。これでは、悲劇がまた、繰り返される。

［西風］2013年5月27日　**水俣**

福岡市のJR九州ホールで開かれている「水俣・福岡展」（水俣フォーラム主催）がきょう27日で終わる。水俣病の歴史や実態などを写真や資料で伝える催し。一般の歴史と対比して、水俣病の年表が掲示されている。その長いこと、そして何と民事、刑事合わせた裁判の多いことか。

1956年5月1日の公式確認から57年。1969年の第1次訴訟の提訴からでも44年。先月も認定を認める最高裁判決があったばかりだ。公害の原点と言われながら、行政、産業界が正面から受け止めず、その場しのぎでの対応に、生活苦、病苦をおし、存在をかけての異議申し立ての歴史だ。

公式確認直後は、非難してもしたりない。すぐに、チッソ（新日窒）水俣工場の排水が原因ではと言われ、59年、熊本大研究班が有機水銀説を発表しても、御用学者を動員するなど、あいまい化を図り、被害を拡大。何と有機水銀を含んだ排水を流していたアセトアルデヒド製造を中止したのは、新潟水俣病が確認された（65年）後の68年。もっと早く中止していたらとの悔恨が今も続く。

熊本で大学生活を送っていた70年か71年ごろ、第一次訴訟の傍聴支援があり、熊本地裁前の集会に参加、デモ行進もした。学生会館で開かれた「苦海浄土――わが水俣病」（講談社）がベストセラーになっていた作家の石牟礼道子氏の講演会にも出かけた。その後、怠惰な学生生活を送り、新聞記者として、目の前の事件を追いかけ、気にはなっても水俣病関係を取材することはなかった。後ろめたさとともに、行政当局と同じではないかと問われると、返す言葉もない。

石牟礼氏は先月、同ホールでの「水俣病記念講演会」で、パーキンソン病をおし、車いすで20分余、講演。公式確認当時、患者と接した時を振り返り「行政も思いやる情けがあれば」と語った。また、長年の水俣病支援の礼を述べ「まだ解決していない」と話した。

昨年7月に締め切られた第2の政治決着と言われる救済策には6万5000人余が申請。それでもまだ患者・被害者は潜在していると言われる。

関わりを持たせてもらいたいと思っている。

その後も各種訴訟は続いている。２０１６年には、公式確認から60年を迎える。患者・被害者には１日も早い救済を、そして水俣病は長く語り継がねばならない。

やっぱり何もできない。「認定ＮＰＯ法人水俣フォーラム」の会員に加わわらせてもらった。が、会費を払うだけの会員。あとは、関連著作を買って読んでいるだけだ。

［西風］２０１０年４月29日　**歌舞伎**

歌舞伎座（東京・銀座）があす30日で、閉場する。取り壊され、3年後の春、5代目歌舞伎座が開場する。東京大空襲で骨組みだけになった3代目を改修した4代目は築後84年、改修後58年。登録有形文化財にも指定され、親しまれてきた。チケットは完売、周辺も写真を撮ったり、スケッチをしたりする人らで大変なにぎわいという。

昨年1月から、さよなら公演が連続16か月で行われている。同2月、上京した際、知人に朝から並んでもらい当日券を入手、歌舞伎を初体験した。

「蘭平物狂《らんぺいものぐるい》」「勧進帳」「三人吉《さんにんきち》三巴白浪《さともえのしらなみ》」の3作。１２００円の解説本を買い、筋を頭に入れて鑑賞。「蘭平物狂」は大立ち回りもあり楽しかった。「勧進帳」はこういう狂言かと認識した。当日券（1万６０００円）のため、席は折りたたみの補助いすだった。これが硬く、お尻が痛くなったのが残念だった。幕あいには、場内見学。飾られた日本画も良かったが、エントランスで女優の富司純子の姿が見られたのはラッキーだった。

これに触発され、10月には博多座（福岡市博多区）で、当代一の人気歌舞伎役者・市川海老蔵の「雷神不動北山桜《なるかみふどうきたやまざくら》」を見た。ライトを浴び、花道で見得《みえ》を切る顔は役者絵をほうふつさせる。歌舞伎座と共通するのは、幕あいでの女性客の買い物意欲。「消費は女性によって支えられている」を改めて思った。

松竹では新歌舞伎座開場までの3年間は、地方公演を増やし、ファン開拓を図るという。地方在住

者にとっては、接する機会が多くなり、朗報だ。舞台だから仕方がないのか、少し料金を下げてくれると助かるのだが。（敬称略）

新歌舞伎座は2013年4月、開場した。同年夏、出張で上京した時、会議の会場がすぐ近くだった。見上げるビルになっていた。何か墓標のようだな、と感じた。

このコラムの後も博多座には行ったが、歌舞伎ではなかった。やっぱり、料金が高いのと、よく理解できないからだろう。

古典芸能と言えば、最近、三浦しをんさんの『仏果を得ず』（双葉文庫）を読んだ。高校卒業後、人形浄瑠璃・文楽の太夫を志し、若手太夫として成長する青春小説。これがおもしろい。封建的な師匠弟子、兄弟子弟弟子、相三味線との関係など、文楽の世界の人間関係、修行、舞台・公演が描かれる。そこは、三浦しをんさん。恋愛も、すてきな女性も出てきます。辞書を作る『舟を編む』（光文社）にしても、初の林業エンターテイメントと言われた『神去《かむさり》なあなあ日常』（徳間文庫）にしても、ヒロインが魅力的。皆、自立して、ヒーローよりカッコイイのが共通している。

文楽は一度も見たことがない。小説を読み、1度も見ないことは損だと思った。

VI

戦跡そして戦争

［西風］２０１３年７月19日　**特攻**

大分県宇佐市の市平和資料館が6月開館、早速訪ねた。市にはかつて実戦訓練を行う宇佐海軍航空隊があった。展示の目玉は、百田尚樹氏の小説「永遠の０」（講談社文庫）の映画化（12月公開予定）で使われた零戦21型機の実物大模型。

「永遠の０」は百田氏のデビュー作。文庫版だけで２５０万部を超えるベストセラー。終戦直前、26歳で特攻で戦死した祖父を、何も知らない26歳の孫が戦友を訪ねて調べる。浮かび上がった祖父は天才的な戦闘機乗り。真珠湾攻撃からミッドウエー海戦、マリアナ沖海戦を生き抜くが…。

テーマは家族愛。知らず知らずに太平洋戦争を概観、零戦や空中戦、生き残った者の生活、そして特攻とは、戦争とは、を考えさせられる。巧みな展開で、涙なしには読めない。映画公開後、訪れる人は多くなるだろう。

城山三郎の「指揮官たちの特攻　幸福は花びらのごとく」（新潮文庫）は同航空隊が舞台。海軍兵学校同期で艦上爆撃機乗りとして同航空隊にも所属した2人の大尉と家族の軌跡を描く。神風特攻第1号とされる関行男、玉音放送後の「最後」の特攻と言われる中津留達雄。海軍幹部候補生だった城山の思いも語られるドキュメンタリータッチの作品。作中の人間爆弾「桜花」の中央部の風防ガラスも展示。城山の言う少年隊員が人生の最期に見る（風防ガラスの）窓からの眺めの狭さを実感する。

炎天下、航空隊跡地を歩いた。ほとんどが水田になっており、滑走路跡は2車線の道路となり、全くの田園風景。捜せば、市史跡となった城井1号など掩体壕《えんたいごう》が散在し、古びたコンクリート構築物が残る。

城山は作品の中で、戦後生き残った桜花搭乗員が「俺たちは人間コンピューターだった」と言ったと記しているが、人間魚雷「回天」搭乗員も同じだろう。

翌日、数十キロ離れた日出《ひじ》町の大神回天基地跡を訪ねた。訓練水面はエビ養殖場などに変わり、小山に掘り抜かれた格納庫とコンクリート製の魚雷調整プールが残っていた。

人間魚雷「回天」

〔西風〕2010年6月18日

小説やテレビドラマで知ってはいたものの、実物の特攻兵器・人間魚雷「回天」を見たのは、昨年秋、ハワイ・真珠湾のUSSボーフィン潜水艦博物館&公園でだった。米軍関係の兵器などを展示している公園の一角に、細長い〝船体〟を黒光りさせていた。

「なぜハワイに」「戦利品なのか」と思いながら、太平洋戦争が始まった地で、劣勢を一変させようと1944年に採用された特攻兵器を見るのは、変な気分だった。説明板には「KAITEN」として英文で、一人乗りの日本の自殺的魚雷と書かれてあった。特攻魚雷と訳すのだろうか。

4月、競艇の名人戦が開催された徳山競艇場（山口県周南市）にあいさつに伺った際、交わした市職員の名刺には同市大津島の回天発射訓練地跡のコンクリート製桟橋が刷り込まれていた。帰路、JR徳山駅新幹線口から徒歩5分のフェリー乗り場で乗船、45分で大津島馬島港に着いた。待合室を出ると、もう一帯は訓練基地跡になる。かつて調整工場からトロッコで回天を運んでいたトンネルを抜けると発射訓練地跡。海に回天を降ろし、揚げるクレーン跡が折からの強い南寄りの風で、波しぶきを受けていた。

トンネルを引き返し、工場跡の塀に沿って小山の中腹に上がると、回天記念館。訓練基地は大津島のほか、同県・光、平生《ひらお》、大分県・日出にもあり、訓練を受けた搭乗員は20歳前後の若者1375人にものぼり、整備員らを含めて戦没者は145人、戦没者の平均年齢は21・1歳だったことを知る。戦没者の遺影が掲げられ、その若さと遺影のない6人にひときわ胸が痛む。

回天模型が展示された庭からは、訓練を繰り返し、回天を搭載した潜水艦が出撃していった徳山湾が望める。同館の松本紀是《としゆき》さんにお話しを聞いた。ハワイの回天は実戦配備前のもの、実戦配備されたものは、やはり米国・シアトルにあるという。

今年も鎮魂の夏が来た。

[西風] 2009年12月6日

青い空

4月の雨の土曜日、今村教会（福岡県大刀洗町）を見学した。双塔を持つ、すばらしい赤レンガ建築。せっかくだからと、旧陸軍大刀洗飛行場跡も訪ねた。慰霊碑と赤レンガ門、そして「大刀洗飛行第四聯隊之跡」と刻まれた小さな石碑があるだけだった。それだけに平和祈念館開設は意義深い。

2007年6月、広島県・江田島の旧海軍兵学校を観光、100年以上にもなる赤レンガの校舎はピカピカ光り立派なものだった。

ガイドの海上自衛隊OBの方が「日本の赤レンガ建築のトップ3は」と見学者に質問。もちろん同校舎は入っていたが、残りは東京駅と今村教会だと言っていた。OBは福岡県出身だということを割り引いても、全国のレンガ建築で同教会が上位にあるのは確かだ。

太平洋戦争・真珠湾奇襲攻撃の空中攻撃隊総指揮官として360機を率いた淵田美津雄中佐（当時）は兵学校52期生。「真珠湾攻撃総隊長の回想　淵田美津雄自叙伝」（編・解説中田整一、講談社）が淵田の没後32年たった2007年12月8日、出版された。同書によると、ミッドウエー海戦、広島、長崎の原爆投下翌日の両市に入っての調査、戦艦ミズーリでの降伏調印式に立ち会うなど、開戦から終戦までを見届けている。戦後はキリスト教に回心、アメリカに何度も伝道の旅を続けた。全米各地で訴えたのは、戦争の愚かしさと憎しみの連鎖を断つことだった。

今秋、真珠湾のアリゾナ記念館を訪れる機会を得た。同館は奇襲攻撃で轟沈《ごうちん》、１１７７人が眠る戦艦アリゾナの上に建てられている。もらったパンフレットには黒煙をあげるアリゾナの写真などとともに、「淵田攻撃隊長の中島Ｂ５Ｎ２爆撃機」との説明でイラストも掲載。同機から「トラトラトラ」（ワレ奇襲ニ成功セリ）が打電された。

戦争は本当にあったのかと思わせる青い空。しかし、海面には今もアリゾナから漏れる油が漂っていた。

ハワイには２００９年10月、親友の子供の結婚式に出席する友人に付いて行った。ホノルルからマウイ島に渡って結婚式に出席。ホノルルに戻った。団体旅行ではなかったため、タクシーで真珠湾に行き、ブラブラしている時に「回天」に出合った。

ショックだった。

こんなものに人が乗るのか、と。魚雷に人が乗るのだ。同じことは、「桜花」にも言える。もう、乗り込んだだけで、死にそうな感じだったろう。いや実際、死にに行くのだ。

特攻は、神風特攻隊に象徴される航空機によるものが中心で有名だが、長崎県川棚町にも基地があったモーターボート「震洋」などもある。その中で、回天、桜花は究極の特攻兵器だ。特攻を考え、生み出した関係者の将官が「統率の外道だ」と言うぐらいだから、狂気の沙汰だ。

回天ひとつをとってみても大変で大ごとなのに、太平洋戦争、第二次世界大戦を思い、考える時、ほんの一つのピースに過ぎないと思い至ると、暗然とする。

２０１５年は戦後70年。ほぼ人の一生に相当する年月が経過した。この間、この戦争に関する膨大な著作、毎年繰り返される新聞の発掘、証言、企画原稿、テレビ、映画などのドラマやドキュメント。情報が氾濫していると言える。それでもまだ語り尽くせない、書き表せない話がある。

日本人戦没者は３００万人を超える。その遺家族は果たして何人にのぼるのか。さらに、運よく生き残った人の戦後生活は。これに、日本が侵略、占領した国の戦没者とその家族は。

世界地図を広げ、太平洋戦争の範囲を眺めると、北はアリューシャン列島、南はインドネシア、ニューギニア、東はハワイ、西はビルマ、インド国境、そして大陸は満州、華北、華東などなど。よくもまあ、こんなに広範囲で戦争をしたものだと考えるのは、戦後の後知恵なのか。真珠湾奇襲後の太平洋での海戦、空戦、南太平洋での島嶼守備戦、いやアッツ島もある。北も忘れてはいけない。

大陸では中国戦線、ビルマ戦線などなど。本土空襲、沖縄戦、広島、長崎原爆投下、ソ連参戦で、満州、樺太侵攻。そして引き揚げ。

そもそも、なぜ太平洋戦争に突入してしまったのか。明治維新後、富国強兵、先進国・帝国列強に追いつけ、追い越せ、日清・日露戦争。政治、経済、そして教育。特に日露戦争が終結した１９０５年から太平洋戦争終戦の１９４５年の50年、半世紀はどうだったのか。

終戦工作など戦争はもっと早く終わらせられなかったのか。アメリカ占領と東京裁判、今に続く戦後体制は。知らないこと、分からないこと、考えなければならないことは、これまた膨大だ。

戦後70年、中国、韓国などは戦勝70年か。それに向けて２０１４年からすでに企画・連載を始めている新聞各社も少なくない。

従軍した人もすでに80歳を超え、従軍しないまでも空襲や戦後の飢えや引き揚げの記憶のある人も70歳を超え、年々少なくなっている。悲惨な体験をしただけに、思い出したくない、忘れてしまいたい人が少なくない。それでも「今話さなくては」と重い口を開いてくれる人もいる。

２０１４年８月、大刀洗平和祈念館（福岡県筑前町）で開かれた旧陸軍大刀洗飛行場で終戦を迎えた88歳になる元特攻隊員の講演会を聞きに行った。多くの聴衆が詰めかけ、マイクの調子も悪く、よく聞き取れないのが残念だった。講演会を催すこと、語ることが大事だと思う。同記念館も立派なものだった。コラムを書いたころは、赤レンガ門を探した。

資料や戦跡を残そうとする市町村が少なくない。２０１４年３月に訪れた大分県佐伯市には、旧海軍佐伯航空隊兵舎跡地に「佐伯市平和祈念館やわらぎ」があり、豊富な資料を展示していた。中江川を挟んである工場敷地内には掩体壕が残っており、工場受付で許可を受けると見学できた。保存し、公開しようとの意欲を強く感じた。

日出町の回天訓練基地跡には、２０１４年４月、回天の実物大レプリカが展示されたことを新聞報道で知った。同年12月に帰省した際、宇佐市では道路端に新しく戦跡の案内板ができていた。卑近な例ばかりだが、ほかの多くの市町村や人々で同様なことが行われていると思う。こうした小さな積み重ねが未来への継承につながる。

日本は戦後70年近く、戦後の苦しみはあったものの平和が続き、繁栄を謳歌している。六十数年生きてきて、戦争を経験しなかったことは本当に幸福だった。

戦後世界を見て、世界大戦には至らないものの、ベトナム戦争などどこかで間断なく戦争、内乱が続いている。

日本での比較で、1945年の終戦までの70年を見ると、帝国主義の時代とはいえ、まさに戦争の時代だ。1945年から70年前は1875年（明治8年）。年表を見ると、戊辰戦争が終わって6年後だ。2年後の1877年には国内最大の内乱と言われる西南戦争。1894年、日清戦争。その講和から10年もたたない1904年には日露戦争。1914年（大正3年）には第一次世界大戦に参加。1918年、シベリア出兵、1931年（昭和6年）、満州事変。そして1937年、盧溝橋事件が起きて、日中全面戦争となってしまう。もうすでに戦争をしているのに、新たな戦争を始めてしまう。

この間に生まれ、育った人のことを考えると、今の平和は本当にありがたく、貴重だ。日米安保体制で米国の核の傘に入った。これが大きな要因だと考える。しかし一方で、戦没者の遺家族、戦争体験者、銃後で戦災に遭った人やその家族ら、実に多くの人たちの「戦争は2度と起こしてはいけない」という気持ち、意思、考え、そして努力が一番大きいとも思う。

◇

未来に引き継ぐために、身近な戦争体験の継承は、と考えた。そして気づいたことは、父母からほとんど話を聞いていないことだ。84歳の叔母で、姉でもあるアトエには少し話が聞けた。

父・高夫は1904年（明治37年）、母・夕子《たね》は1908年（同41年）に、本籍地・大分県姫島村で生まれた。両家とも漁師。両親は私の世代からすると祖父母の世代。父の同級生には、私より年上の孫がいる人もいた。

父母とも村に1校ある尋常小学校に入学して卒業したのは、小学校史に記載されているので確かだ。父は普通に通学したようだが、母はほとんど行っていない。貧乏人の子沢山を絵に描いたような家庭の長女。生前、本人が言っていた。「子守に家の手伝い。それ（学校に通う）どころではなかった」。

学生時代、家からの手紙はほとんどが父からだった。大学1年の時、小包が届いた、珍しく母の手紙が同封されていた。それは、簡単な漢字とひらがなとカタカナが変な混じりかたをしたものだった。初等教育をまともに受けていない（受けられなかった）のは歴然だった。しかし、大変うれしく、泣いた。

母はその後も島に残り、家の手伝いや料理店の手伝い、国東の造り酒屋の季節労働者などで家計を助けていたそうだ。父は9歳の時、父を海難事故で亡くし、母一人子ひとりだったが、島を出て予備校などにも通ったようだ。しかし、経済的なこともあり、進学しなかったらしい。島に戻り、戸籍では、１９３５年（昭和10年）に結婚している。父30歳、母26歳。当時では遅い結婚だろう。父は漁師をしていなかったことは確か。姫島塩業組合に勤めていたようだ。１９３７年、父の母・コナが死亡している。

父は満州（現在の中国東北部、満州国建国宣言は１９３２年）に渡るのだが、その時期がはっきりしない。コナの死後と推測している。当初は単身で北満州に、その後、母を呼び寄せている。１９４１年夏、帰省。当時小学5年生で、母と22歳違いの母の妹のアトエを養女として入籍し、アトエを連れて行った。鴨緑江近くの安東市（現・丹東市）に住み、父はビール会社などに勤務していたという。

生活水準は島と比べると格段によくなっていたようだ。姉に渡された当時の市街図を複写したものを見ると、安東駅近くのかなり広い敷地の一戸建てに住んでいる。姉は１９４３年春には、安東高等女学校に進学している。島にいては行けなかっただろう。この年の12月、結婚後8年にして授かった長兄の征八が生まれる。すでに１９４１年12月、太平洋戦争は始まっている。姉の話からは戦争の影はない。

1945年6月、父は、南方への兵力抽出で兵員不足をきたしていた関東軍に、在留邦人実に15万人と言われる「根こそぎ動員」で召集される。当時40歳。まさかの召集だった。戦後「戦闘はしていない。捕虜になりに行ったようなものだ」と話していた。母は妊娠中だった（次兄・正志は終戦後の1945年12月、安東市で生まれる）。

そして、8月8日深夜の突然のソ連参戦。終戦を迎える。母らは、ソ満国境近くから逃げてきた人たちが経験したソ連兵による略奪、暴行、強姦、殺害などの地獄の苦しみは経験していない。朝鮮国境に近い南満州に居留していたのが幸いした。むしろ、北満州から逃げてきた島の人や知人らが自宅に身を寄せたりもしていた。

母らは収容所に入ることもなく、この後1年間は自宅で、売り食いなどで暮らすことになる。着の身着のまま、命からがら逃げ、粗末な収容所での暮らしを強いられた人に比べれば、恵まれていたのではないか。

それでも怖い思いはしたようだ。「ソ連兵が来ると、屋根裏に逃げていた。知人宅に1か月間、避難していたこともある」「八路軍が看護婦の徴収に来た」などと姉は言う。また、父が勤めていたビール会社から、給料が残っているから受け取りに来て、と言われて、出かけた。会社は「満（州）人街のど真ん中」にあり、母と姉の2人での行き帰り、道端にズラリと並んだ「満（州）人からジロジロ見られた」。母は「満（州）人の目がとても怖かった」と話していた。この時「満（州）人のジャングイ（姉は主人の意味で使用している）から、大事にするから子供をくれ、くれ」と言われていたという。

召集された近所の人は帰って来るのに、「父ちゃんは帰ってこない。足音がすると、何度父ちゃんが帰って来たと思ったことか」。

そして1年後の1946年夏。いよいよ引き揚げ。父は帰らないまま、38歳の母、16歳の姉、3歳に満たない長兄と1歳に満たない次兄の4人。それに、自宅に身を寄せていた島出身の新婚夫婦と子供2人連れの母親、同じく島出身だが、収容所に入っていた夫婦と子供2人の4人家族らと一緒だ。列車で、安東から奉天（現・瀋陽市）を経由して、葫蘆《ころ》島の収容所に。列車は無蓋で、ギュウギュウ詰め。時々「ガタン」と音がして止まる。その際、鍋を持って降り、たきぎを拾って、大豆飯を炊く。安東－奉天間では歩いて山越えしたことも。後ろから銃声も聞こえる。奉天の収容所で1週間、葫蘆島の収容所には3日ぐらいいたという。この間、中国人から、子供を置いていけと何度も勧誘された。母も姉も引き揚げられたのは、新婚夫婦が兄らの世話をやいてくれたお陰と、戦後、よく話していた。

やっとの思いで、引揚船に乗り、京都府舞鶴港に。「しかし、1週間ぐらい上陸できなかった」。姉は船上での食事で、乾パンに味噌汁が出た際、味噌汁の具がキュウリだったということを、その奇妙さゆえ、強く記憶している。上陸後、一家4人が引き揚げてきたことを何かに書いたという。その後、列車で別府に。1泊の後、島に着いた。安東を出てから1か月ぐらいだったという。

姉は島に帰ったのは8月31日と前から言っていた。2010年5月の連休に舞鶴市を訪れ、舞鶴引揚記念館に寄って展示資料を見ると、該当する船がない。「おかしい」と思い、2014年12月に改めて詳しく聞いても同じだった。一緒に聞いていた次兄が「母ちゃんに私はどこで生まれたのか」と聞いた時のメモがあるはずだという。メモには「7月1日安東を出て8月1日帰国」とある。ちょうど1か月違いだ。

母らの引き揚げは『引揚援護の記録復刻版』全3巻（厚生省編、クレス出版）によると、「国民党政府管理下において、100万人余の同胞がコロ島を経由して引揚げている。これらの人々は主として長春、奉天に集結した」とあるのに、あたる。

舞鶴港は後に、シベリア抑留者の引き揚げが中心となり、「岸壁の母」などで知られる。1958年まで続き、最後の引揚港だ。しかし、母らが引き揚げた1946年は葫蘆島からがほとんど。前掲書などによると、6月の第1船から7月26日入港まで、42船を数える。

舞鶴入港後は通常、半日して上陸しており、第42船でコレラが出たとあることから、足止めをされたと推測される。

これらのことから、母らが帰国したのは8月1日と思う。また、「何かを書いた」のは、食糧配給などに必要な「引揚証明書」だろう。

父はそのころ、ソ連に抑留され、シベリアにいた。父は抑留生活が肉体的にも精神的にも余程こたえたのか、系統だった話を聞いたことはない。姉も兄も同じだ。断片的にポロッと漏らすぐらいだった。

父は「バイカル湖の近くの収容所にいた」と言っていたが、いつ、どのようにして移送されたのか。『シベリア抑留全史』（長勢《ながせ》了治著、原書房）によると、満州などにソ連が侵攻、占領した地域の44か所の集結地に集められ、終戦からわずか3か月間で、貨車、船などを乗り継ぎ最後は徒歩、あるいは徒歩だけで、東はカムチャッカ半島から東はキエフ、南は中央アジア、モンゴルまで広範囲に移送されたという。それも「ダモイ（帰国）」「トウキョウ・ダモイ」と騙されて、実に60万人を超える日本人が連れていかれた。

父は満州の集結地からギュウギュウ詰めで、糞尿垂れ流しの貨車や徒歩で収容所に送られたのではないか。「森林伐採に従事した」「飯は黒パンと豆が少し入った塩味のスープで、とても足りなかった」「腐ったジャガイモも食った」「冬は仲間が死んでも、土がカチンカチンに凍り、埋葬できない」。

前掲書は言う。シベリア三重苦は「酷寒」「重労働」「飢餓」。バイカル湖近くのイルクーツクは1947年の1月には最低気温マイナス43・2度。伐採と鉱物採掘は最も重労働で危険な作業だった。移送され、最初の冬を含む1946年は最も死亡者が多い。実にその4割が栄養失調。著者は、栄養失調は病気ではなく「餓死」だと言い、餓死が最も大きな問題だと指摘する。給食がいかに破滅的劣悪だったかを証明するものだと説明する。

抑留者の最大関心事は、食事。父は言っていた。「パンを切り分ける役がいやだった」と。父は40歳を超え、若くない。さらに壮健でもなかった。それでも生き抜いたのは「死んでいくのは、都会《まち》の人が多かった。イモやイモキリばかり食って育ってきた、おり（俺）がようなびんぼこど（貧乏人）は生き残った」と、島で粗食で育ったからだと話していた。ジャガイモには懲りたのか、引き揚げ後は口にしなかった。

ロシア兵については「10を超えると、もう分からない。日本の二等兵が計算できるのを不思議がっていた」「（略奪した）腕時計を両腕に何個も着けていた」。そういう兵らから、命令を受け、監督・監視される気持ちはどうだったのか。

いつ、どういうルートで引き揚げたのか分からない。「シベリアには4年いた」「（長崎県）佐世保に引き揚げた」と言っていた。1949年に引き揚げたのか。私が1951年4月生まれだから、それ以前の引き揚げ。佐世保地方引揚援護局は1952年5月に閉局しており、姉は「父ちゃんが返って来た時、行水を浴びた」と話していたから、夏期だろう。

『引揚援護の記録』によれば、1949年に佐世保に入港したのは3隻。韓国・釜山港から6月7日に「ボゴタ丸」が入港しており、これで引き揚げたと思われる。引揚者は、間宮海峡に面するソフガワニ（ソヴィエツカヤ・ガヴァニ）収容所から北朝鮮経由で釜山に出ている。バイカル湖から相当離れているが、収容所を移動したのか、帰国のため集結させられたのか、分からない。この間「民主化運動」などもあり、肉体的にも精神的にもボロボロな状況だったことは推測できる。

引き揚げた時は、満州に残した家族は死んでいるだろうと、上京するつもりだったという。ところが、引揚証明書など、留守宅の情報が佐世保引揚援護局に備えられており、家族4人が島に引き揚げていることを知る。「そうか、2人目は男の子か」「正志という名か」と。

島に帰った。長兄は5歳、次兄は3歳。もう古希も超えた長兄は「年をとるとわすれるのお。座敷で膝に抱かれたのを憶えている。座敷はまだ（畳がなくて）板の間だったな。この人が父ちゃんかと思ったのかなあ」と話す。長兄にとっての最初の父の記憶だ。

母や姉は、父は年も取っているので死んだものと諦めていたという。皆、ラッキーだった。よかった。そうでなければ、私はこの世に存在しない。

母ら4人は、引き揚げてきてからも楽な生活ではなかった。母は小作でイモなどを作り、17歳の姉は1946年に衣替えした姫島製塩株式会社の新塩田築造工事のトロッコ押しで一家を支えた。その後は米配給所の事務員で働いた。帰っては来たものの、父はなかなか仕事がなかった。セメント瓦製造所で働いたり、島外に出稼ぎに行ったりしていたという。仕事がなかったのは、田舎だったからか、シベリア帰りは「アカ」とされる風潮があったからか、どうか。

そうした中で、私が1951年4月に生まれる。いつごろだったか、父が「お前が生まれた時は本当に金がなく苦しかった。お前を抱いてなんべん（何度）海に飛び込もうと思ったことか」と話したことがあった。「もはや戦後ではない」と言われるまでに復興するのは5年後。全国が貧乏だったとはいえ、そのレベルを超える貧困だったのだろう。

父はその後、姫島塩業（のち姫島塩業組合）に職を得る。1959年、塩田閉鎖後は村役場に入り、このころから少し生活が安定する。貧乏レベルでの安定だったが。

◇

これがわが家の、というか、父母、姉、兄の戦争、戦後体験だ。書いていて、無理にでも生前の父母にもっと話を聞いていなければならなかった、と悔やんでいる。父は1984年12月、80歳で、母は1993年7月、84歳で亡くなった。孫のきょうだい4人の子供も見ることができた。長生きしてくれた。

島への思い

［西風］２０１４年４月27日　**島を訪れる**

離島で生まれ、育った故か、島を見ると渡りたくなる。今月、玄界灘に浮かぶ、福岡県糸島市の（筑前）姫島を訪ねた。

カキ小屋で知られる同市岐志《きし》から連絡船で20分足らずで姫島漁港。今では珍しくなった石波止が迎えてくれる。漁村特有の民家の間を縫う小道を10分歩くと、野村望東尼御堂。幕末、勤皇家を支援し流罪となった歌人・望東尼の幽閉地だ。高杉晋作の命を受けた志士らが望東尼を救出した時と変わらない海が広がっていた。

護岸を兼ねた道路を歩くと、海岸に多数のネコが集まり、空や護岸には、トビが群れている。トビがすぐ近くに行くまで逃げないことに住民のやさしさを感じた。道ばたで摘んだツワブキはおいしかった。

離島は縄文、弥生時代は文明の伝搬地であり、中世から近代にかけては海運で栄えた地も少なくない。近代化が進むにつれ、その不便さのため取り残されてきた。漁業不振が拍車をかける。ほとんどの島が過疎に悩む。漁港で会ったシベリア抑留から帰島したという古老は「３７０人ぐらいいたこともあるのですが、今は２００人を切っています」と、姫島も例外ではない。

島と言えば、領土問題の尖閣諸島、竹島、北方領土、先月、７人もが亡くなった沖ノ鳥島などの排他的経済水域（ＥＥＺ）関係が注目される。

尖閣も竹島もかつては日本人が

経済活動を行っていたなど、歴史的に見ても日本領土であることは自明のことだと思う。それでも領土問題となる。琉球弧、五島列島、対馬、隠岐諸島、小笠原諸島など、島々の振興はおおげさでなく、国の防衛であり、国土保全だと考える。

小さな島の話が大きくなってしまった。島を訪れることは、それが日帰りでも小さな旅。大型連休も始まった。あなたの近くの島に渡ってみませんか。


２０１４年秋、中国漁船がサンゴ漁のため、大挙、小笠原諸島に現れた。中国の経済力と、アメリカと太平洋を二分するとの国家意思を感じた。

サンゴ漁と言えば、かつては、台湾漁船が五島沖まで来ていた。今や小笠原諸島、そして中国漁船だから、時代は変わった。

海上保安庁の巡視船も、その多さに対応できなかった。というより、すでに尖閣諸島の警備に手いっぱいなのではないか。暮らしている住民もたまったものではない。

10年前、沖縄で「中国は、沖縄を中国領と思っている」との話を聞き、「そんなことはないでしょう」と言っていたが、最近の情勢を見ていると、あながち、そうでもないのかなと考えてしまう。特に南シナ海を見ていると、そう思う。政府も遅まきながら、自衛隊を南西諸島防衛にシフトしている。

学生時代に日中国交正常化（１９７２年、その後の１９７８年に日中平和友好条約締結）となり、日本の中国侵略の歴史もあって、友好にも、中国の「現代化」、経済発展にも気を配ってきたとの思いがある。それだけに、今が分からない。

甘いと言われれば、甘いのかな。今はトップが大中華を目指すと公言している。かつては、覇権国家にはならないと盛んに言っていたのに、覇権そのものではないか。

［西風］ 2013年10月19日 **天草**

ボーイズリーグの大会で、連休は天草だった。今回で4年連続だったが、魅力は尽きず、いつも新発見がある。

とにかく天草は広い。三角から入ると、大矢野島、上島、下島、そして御所浦島など120の島々があり、面積は876平方キロ。かつては2市13町があった。現在は石炭専焼火力発電所がある苓北町以外は合併し、上天草市、天草市となっている。

天草と言えば、天草・島原の乱。天草四郎の陣中旗を展示する天草キリシタン館が中心だが、隠れキリシタン、明治になっての復活など関係史跡、施設は多い。さらに旧市町から引き継ぐ資料館も少なくない。

気に入っているのが、かつて唐《とう》通詞《つうじ》が住んだと言われる通詞島にある五和《いつわ》歴史民俗資料館。対岸の遺跡から発掘された「天草製塩土器」がずらりと並ぶ。さらにアワビオコシなど縄文時代の漁具が珍しい。早崎瀬戸を挟んで島原半島は指呼の間にある。瀬戸にはイルカウオッチングの漁船が浮かぶ。イルカを年中見ることができると、人気は高い。

通詞島を出て国道389号線を南下すると、富岡城跡。海岸には美しい砂嘴《さし》もある。ここからは北原白秋ら5人が旅した「五足の靴」コース。

今年は離島の御所浦に渡った。今は恐竜と化石の島として売り出している。船を降りるとすぐ白亜紀資料館がある。1億年前の恐竜の歯、骨、足跡が見つかったのを知る。すぐ近くに採石場から運んだ化石採石場があり、200円でハンマーを借り、石を砕いた。それらしきものを資料館に持って行くと、ひとつは二枚貝、もうひとつは巻き貝の化石だった。

海の幸などまだまだあるが、書き尽せない。天草市が「日本の宝島」と自称しているのも分かる。化石は私の宝物になった。

天草を最初に訪れたのは、1970年、熊本大学に入学して、女子短大との合同バスハイキングだった。五橋を渡り、天草松島までだったと思う。短大生にボーッとして、天草の最初の印象は薄い。カップルも何組かできたようだが、私は見事に振られた。

1966年の五橋開通から、まだ時間が経っていず、天草観光は人気だった。田舎から中学の同級生が熊本まで車で来た時は、2人でドライブした。デートでも行ったが、彼女にも振られたな。いずれも松島までだった。

当時は天草観光というよりは、五橋観光だった。地図を広げたら分かるが、天草のほんの入り口に触れただけだった。読売新聞時代、出張で熊本市から天草市牛深まで車で出かけたが、何時間かかったのか。福岡空港から空路出張したこともある。コラムでも触れたが、とにかく広い。そしてなんでもある。天草の本当の魅力は、五橋の奥にあった。

ボーイズリーグの大会は、天草市本渡で2日間、開かれる。準備もあるから、前日から入り、2泊3日の日程になってしまう。福岡市からその都度、行き帰りというわけにはいかない。初日の開会式のあいさつが終わり、翌日の閉会式の表彰まで、することがない。これを生かさない手はない。朝は本渡市街を散歩、後は車でグルグル回る。上島、下島とも1周した。4度目が御所浦島だった。

コラムでは触れていないが、ユネスコ（国際連合教育科学文化機関）の世界文化遺産への推薦が受理された「長崎の教会群とキリスト教関連遺産」の13遺産のうちのひとつ崎津天主堂や、五足の靴一行が目指した大江天主堂などキリスト教関係施設は少なくない。大江天主堂そばの天草ロザリオ館など、天草・島原の乱も含めたキリシタン関係資料の展示施設や史跡は数多い。世界遺産関連で言えば、天草入口の三角（宇城市）には、すでにイコモス（国際記念物遺跡会議）の現地調査もあった「明治日本の産業革命遺産」のひとつ、三角西（旧）港がある。美しい石積みの港だ。すでに天草観光の一角を占めている。

さらに下田温泉だけではなく、方々に温泉施設がある。苓北町の「麟泉《りんせん》の湯」は高台にあり、いい眺めだった。本渡のホテルの温泉も海の向こうに上島があり、朝入ると一段と、と思ったが、朝は入り損ねた。

有田焼、瀬戸焼などで使われる陶石のほとんどは、天草産。陶石の国内産出量の8割を超えているという。窯元も多く、道沿いに多くの幟《のぼり》が立っていたが、寄っていない。

食も水産物は当然として、大きな島とあって農産物もないものはない。最近はオリーブまで栽培している。水産物ではタコを売り出している。中でも珍味は干しダコ。私の田舎にもある。タコの内臓を取り、竹で作った楕円形の輪を頭部に入れ、足は細長くした竹板で広げて、天日に干す。乾いたらできあがり。焼いただけで、塩味が付いており、おいしい。酒、特にビールのつまみにはピッタリ。入れ歯には少し硬いのが難点で、私は残念ながら今は遠慮している。

クルマエビの養殖をしているのも私の田舎と同じ。しかし、私の田舎の方が先だろうと、変なところで、お国自慢をする。ひところに比べると安くなった。本渡のすし店でいただいた。甘くて、美味でした。

五橋で本土とつながったとはいえ、そこは離島。足の便が悪い。そのうえ、下島、上島から三角に夕方、抜けようとすると、必ず渋滞する。島原半島と、もう一方は鹿児島県・長島とを結ぶ「島原・天草・長島架橋」構想がある。これだと1本に集中しないから、渋滞緩和はもちろんのこと、長崎、鹿児島両県とも結ばれ、便利もよくなり、さらに発展する。

大きな島と言えば佐渡島（新潟県）。北方領土の択捉《えとろふ》、国後《くなしり》両島、沖縄本島の次に広い。もっとも、天草上島、下島は分離した島としての大きさで、合算すれば、天草が広い。

島が好きという人が佐渡も知らないでは、と上京のついでに、2012年3月、足を延ばした。上越新幹線も、越後湯沢温泉で営業しているスキー場も、1メートル以上はある積雪を見るのも初めてだった。

新潟市・新潟西港からジェットフォイルで佐渡市・両津港まで約1時間。意外と近い。早速、レンターカーで佐渡金山へ。途中、国中平野を通った。広い田が広がる。長崎県・壱岐と同様に、島内生産の米で島内は賄えるのでは、と思ったりした。見える景色はまるで違う。平野北側にある山、山岳というべきか、は雪で覆われている。金北山《きんぽくさん》、妙見山は1000メートルを超える。私がイメージする島の風景ではない。

佐渡金山は国指定史跡「宗太夫坑」を見学。江戸時代初期から開発された採掘跡という。斜坑や空気穴などがある。採掘、搬出、水のくみ上げなど、当時は人力というのが、なんともすごい。当時の服装をした人形が置かれ、突然しゃべるものだから、ビックリした。3月はやはり離島観光はシーズンオフ。閑散としているだけに薄気味悪くもあった。

坑を出て見上げると、山が二つに割れている。鉱脈が地表に現れていたのを、露天掘りした跡だという。これも人力。金《きん》のためなら、人力も相当なものだ。

知らなかったことの一つは、佐渡金山と言えば、江戸時代としか思っていなかったこと。渡されたパンフレットを見ると、明治以降も掘り続け、驚いたことに、平成元年（1989年）まで、操業していたという。実に388年。金の量は78トン（銀は2330トン）。金の半分は明治以降の産出という。

映画「君の名は」のロケ地にもなった尖閣湾に寄った。景勝地だが、やはり夏でないと。とにかく寒かった。

2日目は、朝食前、北一輝記念碑などを散歩。そして、車で西南端の宿根木《しゅくねぎ》へ。復元された千石船を見て、重要伝統的建造物群保存地区を歩いた。江戸時代、廻船業で栄えた集落。往時の繁栄ぶりを石畳や家屋で知る。トキの森公園でトキを見て、午後の船で、島を後にした。

歴史的には順徳天皇、日蓮らが流された島である。宮本常一がたびたび訪れた佐渡振興を図った関連施設には寄れなかった。思いが残ったが、こう広くては1泊2日では無理だ。島の北半分は通過するしかなかった。

もう1度行くか。しかし、その前に隠岐にも渡りたい。まだまだ訪れていない島は多い。人が住む島だけでも国内で300を超える。

［西風］ 2013年6月22日

魚を食べよう

魚が好きだ。朝食はほぼ毎日。夜もほとんど。魚種も料理も多岐にわたり、おいしくて、飽きない。魚離れが進んでいると言われるのが信じられない。調理や匂い、ゴミ捨てまでの後かたづけなどが理由に挙げられる。わざわざ骨を取り除いたものまで売られている。骨をしゃぶり尽くすことが、おいしさのポイントなのだが。残念だ。

遠洋、養殖、冷凍なんでも食べる。一番は沿岸の天然ものだろう。しかし、「天然が一番」などと言ってはいられないほど、沿岸漁業の衰退は激しい。魚がとれないのだ。農林水産統計によれば、沿岸漁業の生産量は2003年約158万トンだったものが、年々減り、

2012年は東日本大震災の影響もあって、109万トン（概数）。なんと3割も減っている。

少なくなれば価格が上がるものだが、これがそうもいかない。2011年の沿岸も含む海面漁業の生産額は9394億円。2003年比で約1割減。この状況で、円安での燃料高騰。漁業者にとっては踏んだりけったりだ。4月には全国のイカ釣り漁船、5月には福岡県内の全漁協が一斉休漁して窮状を訴えたのも分かる。

3月末、大分県の離島で漁師をしている同級生と福岡市で飲んだ。「今年、沖（漁）に出たのは2日。イオ（魚）がとれんのー。油も高くなって、出ても油代も出らん」とぼやいた。夫婦船だったが、妻は農家の手伝いで島を出ていた。先日、電話したら、今月からタチウオが釣れだしたので、ボチボチ出漁しているという。利益はあまり出てないようで「もう終わりだな」とあきらめた口ぶりだった。

彼にも後継者はいない。少ない若者が島を出るどころか、中堅どころも子どもの高校進学を機に出て、転業したり、静岡県下田市のキンメダイ漁船に乗り込んだり。漁業の担い手は高齢者がほとんどという状況だ。

私にできることは、魚を食べ続けることぐらいか。願いは若いお母さんに魚料理をもっと食卓に並べて欲しい。本当においしいんだから。

［西風］2010年3月28日　**周防大島**

山口県・周防大島（町）は旅する巨人と言われた民俗学者・宮本常一（1907−1981年）の生まれ故郷だ。戦前、戦後、字義通り日本全国を歩き、その距離は16万キロ以上とされる。調査報告書も含む著作も膨大で、全集の刊行が今も続いている。

「忘れられた日本人」が著名だ。13編が収められ、「土佐源氏」がよく知られている。「梶田富五郎翁」も興味深い。周防大島の漁師が長崎県・対馬まで漁に行き来し、原生林に覆われた対馬・浅藻《あざも》に漁港を開くことなどが、明治の初め、7歳で漁船に乗せられ、その後住み着いた梶田老人によって語られる。築港時、海底の大きな石の除去方法など漁師の知恵とたくましさに感心する。

宮本のすごい所は、著作にとどまらず、農・山・漁村の振興、今でいう村興しにも尽力したことだ。

「宮本が育った土地を見てみたい」と、今月初め「1000円高速」を利用して周防大島を訪れた。柳井市大畠から大島大橋を渡り、周防大島文化交流センターを見学。宮本が津々浦々で撮影した写真10万点や、宮本の呼びかけで集められた民具1万5000点などの収蔵で知られる。写真のうち約8万9000点をデーターベース化し公開。私の古里を検索、なつかしい顔に出会った。

お隣は作詞家星野哲郎氏（84）の記念館。同氏も同島出身で、いずれもこの近くの生まれ。作品の「みだれ髪」「函館の女」などを聴いた。大小の島が浮かぶ景色を見ながら、2人とも島を出て就職後、病を得て、島で療養した時期があることなどを考えた。

2日間でほぼ1周。どこに行っても宮本が作付けを奨励したかんきつ類の畑。急斜面では耕作放棄地も少なくなかった。道の駅で山積みされていたものを買い、帰宅して食べた。大変甘く、おいしかった。

金魚釣り

［西風］2009年10月30日

「金魚釣りに行くと、本人の給料はもちろん、実家にも毎月送金がある」。1歳上のいとこは中学校を卒業するとすぐ、その兄に続いて静岡県・下田港を基地とする漁船に乗り込んだ。

1960年代後半、大分県の離島。日本は東京五輪を開催し、高度成長のまっただ中だったが、田舎はまだ貧しかった。いとこ以外にも何人も下田に行っていた。

後年、「金魚釣り」がキンメダ

イのはえ縄であることを知った。今ではポピュラーな魚だが、当時少なくとも北部九州では目にすることはなかった。

いとこの兄は、下田に居着き、60歳を超えた今でも漁労長として海に出ているが、島からの下田行きは聞かなくなった。

そして今回の佐賀県唐津市の漁船「第一幸福丸」海難事故。よくぞ3人は生き抜いてくれた。それにしてもキンメダイ漁で、九州の漁船が下田のはるか沖に出漁していたとは。不明にして知らなかった。はえ縄と言えば、目の前の玄界灘などでのフグ漁のシーズンなのに。それも厳しいということか。

1歳上のいとこはその後、島に帰り漁船を造り独立。結婚して家を建て、子供もできた。しかし、10年前、周防灘で1人乗り込みのフグはえ縄漁中、貨物船に衝突され行方不明に。全島休漁して捜索、3日後、遺体で発見された。49歳だった。

一本釣り漁師の別のいとこは、会うたびに「にいにい（兄さん）いお（魚）は取れんし、安いのう」

生まれも育ちも大分県姫島村。瀬戸内海西端、周防灘に浮かび、一部は瀬戸内海国立公園にも含まれる一島一村の島。周囲17キロ、面積は7・2平方キロ。対岸の国東半島の国東市伊美《いみ》港からフェリーで約20分。キツネ踊りなどの盆踊りや黒曜石が露出した断崖（国天然記念物）などで、少しは知られている。

島内に小、中学校各1校。今は幼稚園も保育園もあるが、私が小さいころにはなかった。高校は今も昔もない。島の小、中学校を卒業、同市の国東高校に進学、下宿した。以後、島では暮らしていない。両親がまだ健在の時、長兄が大阪からUターンし、今は年金生活を送っている。高校・大学時代はもちろんのこと、就職しても年に何度か帰省する。

そういう事情もあって、この離島編だけでなく、コラムではよく触れた。墳墓のある土地で暮らし、死ぬのが幸せとよく言われる。そう思わないではない。生活しなければならないので、なかなかそうはいかない。

宮本常一の出身地・周防大島は、地図を広げると、姫島から陸路で行くと遠いが、海路では近い（海路では未経験）。著作を読んでいると、文化的にも近い。宮本は本当に多くの離島を訪れており、姫島にも調査などで、何度も訪れている。

読売新聞西部本社の社会部長をしていた2005年、宮本が残した膨大な写真の場所の今を九州・山口地区で探そうと企画、連載した。翌年、みずのわ出版（神戸市）から『旅する巨人宮本常一――にっぽんの記憶』として出版した。3000円（税別）と高価だったにもかかわらず、思っていた以上に売れた。宮本ファンが多いことを再認識した1冊だった。

連載の中の1回に、姫島が「名士訪問　村あげ歓迎　昭和三十八年」として、取り上げられた。作家の今東光（1898―1977年）、評論家の大宅壮一（1900―1970年）らが車エビ養殖場視察団として島を訪れた時のことだ。本の「あとがき」で、次のように書いた。

「（前略）さらに、私的なことを書かせていただくと、『昭和三十八年　姫島』（一五九頁）で取り上げた大分県姫島村は私の古里。デスクを務めた社会部次長一ノ瀬達夫（現宮崎支局長）から、島を訪れた宮本らの一行を桟橋で見送る写真を見せられて、驚いた。一群の中に二十二年前に亡くなった父をはじめ、見知った人ばかりが写っていた。当時、小学生だった私は、今でも実家に掲げられている今東光の色紙で、当時『えび会社のことで、偉い人がたくさん来た』という記憶はあった。しかし、一行が宮本らそうそうたる顔ぶれだったことは、恥ずかしながらこの時、初めて知った。

離島振興にも尽くした宮本に改めて感謝するばかりだった。タネを絶やさなかった『えび会社』は今でも島の貴重な雇用の場となっている。

かつてと比べ、港湾は見違えるほど立派になり、経済的にも豊かになった。しかし、四千人を数えた人口は二千七百人となり、過疎は止まる気配はない。帰省して、漁師をしている同級生から『水揚げは昨年の三分の一』という話を聞くのはつらい。『デフレ脱却』『上場企業三年連続最高益』とは無縁の世界がある。格差社会の進行で、宮本が歩いた地方、その中でも離島など辺地の切り捨ては今後も続くだろう。そうした時代に本書が出ることの意義は大きいと考える。(後略)」

この「あとがき」を書いた後も、過疎は一段と進んでいる。2014年12月の住民基本台帳では、2232人。同月に帰省した時、友人が言うには、住民票は置いて島を出ている人も少なくないから、2000人は割っているのでは、と。

別なコラムでも書いたが、最大原因は魚がとれないことに尽きる。量が少なくなれば、価格が上がればいいのだが、魚価は低迷したままだ。

私が中学校を卒業した1967年ごろは、漁師の長男は跡を継ぐ人が、まだ多かった。私のように二男、三男は島を出て、外で生活をしていかなければならないと思っていた。しかし、残ってもそれなりの生活はできた。学生時代に帰省すると、漁師や船大工をしている同級生によく飲ませてもらった。まだまだ魚影は濃かった。船大工の同級生が造船所を閉じて、もう何年にもなる。

12月の帰省で、30−40代の若手、中堅が漁船を売りに出し、撤退した。島を出て、東日本大震災の作業船などに、乗り込んでいる人もいると、漁業をしている友人が教えてくれた。その友人の妻も農家の手伝いで島を離れていた。朝、島を出るフェリーは国東市などに通勤する人で混雑していた。その国東市だって過疎化が進んでいる。

「半農半漁」の島とかつては言われた。離島のため、耕地は少ない。大きな河川はなく、畑が山を登り、谷を下り、段々畑となっていた。サツマイモと麦の二毛作。そして牛、豚を飼う。我が家は牛を飼うほど畑はなく、豚を1頭飼っていた。

話がそれた。「半農」でなくなったのは、減反政策が始まった50年前ごろからか。細々と農業をやっていても金にならないこともあるが、夫と漁船に乗り組んだら確実に金になるから。畑は次々に耕作放棄地となり、道路沿いの、島では良い畑と言われた所も、今では笹が生えている。牛も豚も当然のことながら、見なくなった。漁獲量が減っては、島外に働きに行くしかなくなっている。

私が生まれた家も祖父の代まで漁師であり、母の実家は弟とその子供（私のいとこ）、その実家を出た母の弟も漁師だったし、その息子も漁師だ。しかし、跡継ぎはおらず、次代には漁師がいなくなる。

漁師も大変な仕事だ。夏は炎天の下、冬は寒空の中での作業。腕も問われる。努力したからといって、漁獲は保証されない。努力しないとさらに悪くなる。レーダー、魚探、ＧＰＳを備えた漁船は住家よりも高価、そのうえ漁具。親が漁業をしていないと、新たに起業するのはやさしくない。

跡継ぎがいなくなったのは、きつい仕事をさせたくないという親の思い、子供の都会へのあこがれもある。それでも最大要因は、経済的なものだろう。

◇

島には空き家、空き地が帰省するたびに増えている。兄は「そのうち限界集落になる」と話している。

小さいころから、「（祖父は、自宅の）前のじいさんと沖（漁）に行き、シケにあい、死んだ」と聞いていた。遺体は上がらず、墓には祖母の遺骨はあるが、祖父のはない。祖父母とも顔は知らない。戸籍を調べると、曾祖父の長男で、戸主は曾祖父。１９１４年（大正３年）６月３日、島で死亡となっている。死亡届は1年余の後の翌年7月に曾祖父が出している。38歳。長男で一人息子の父は9歳。

何の漁だったかも知らない。漁船は木造で、推進力は櫓か帆。当時は詳しい天気予報もなかっただろう。気象を予測するには、知識と五感しかない時代だ。判断が遅れ、避難が遅くなったと推測している。

島では、昭和30年代には、中学校の気象クラブ（そういう名称だったと思う）が、ラジオの「鳥島〇〇ミリバール、〇〇の風、風力〇〇」などの気象情報を聞き、それを天気図にして、役場前の掲示板に張り出していた。夕方、漁師が集まり、予報をあれこれ言っている光景を憶えている。私が中学生になった時（１９６４年）には、クラブは残っていたものの、テレビが普及し、天気図が掲示されていたのかどうかは、憶えていない。天気予報は漁師の命だ。

新田次郎（１９１２－１９８０年）の小説に海の気象、特に気圧計に触れたものがあったはずだ。タイトルも内容も思い出さない。福岡市立総合図書館で検索した。新田の作品は、山や登山に題材を取ったものは多いが、海は少ない。『珊瑚《さんご》』（新潮文庫）を借りた。

長崎県五島・福江島を基地に男女群島でのサンゴ漁に、周防大島から来た若者３人が漁師として生きる物語。サンゴ漁などをしていて、同群島で台風にあい、１９０５年（明治38年）には死者・行方不明者２１９人、１９０６年には同７３４人の犠牲者を出しながらサンゴ漁が続けられたことを、歴史から掘り起している。フィクションではあるが、大海難事故などは事実。

1978年に単行本として出版され、読んだのは確か。いつものことで、物語は全く憶えておらず、一気に読んでしまった。中国のサンゴ漁船が押しかける今、五島、日本のサンゴ漁の歴史を知る上でも、貴重な書籍と言える。

小説の中で、1905年の台風にあい、水船になって生き抜いた主人公の一人金吾が、翌年サンゴ漁を再開する際、五島に住むイタリア人サンゴ仲買人から晴雨計を贈られるくだりがある。「これは晴雨計と言って、天気を予知する器械です。天気が悪くなると気圧が下がります。その気圧の動きに応じて針が動く器械だから別名気圧計とも言います。外国船はほとんどこの器械を持っています。これによって嵐の到来を知り、近くの港に逃げ込むのです」と仲買人が金吾に説明する。金吾はこれにより、翌年の台風の際には、女島東海岸にいち早く逃げ込み、難を逃れる。

気圧計が出てきたことだけを記憶していたのは、祖父はシケにあい行方不明になったけれど気圧計があれば分かるのか、と思ったためだろう。高価な気圧計など望むべくもない。ラジオで天気予報が始まったのは、1925年、テレビは1953年からだ（『天気予報いまむかし　気象ブックス02』股野宏志著、成山堂書店）。ラジオはともかく、テレビは島には1台もなかったはずだ。

漁師の家系なのに、親戚にも漁師がいなくなるのは、寂しい限りだ。

回る新聞記者

［「読売西部同人会報」第25号］２０１４年12月

重かった電送機

1974年（昭和49）入社。記者採用だけで18人と、空前は知らないが、絶後の採用数だったことは確かだ。前年秋の（第1次）オイルショック前は好景気で、広告に残稿が出ていたという。採用試験はその直前の夏。発刊10周年でもあり、大量に、となったのだろう。そのお陰で、潜り込めた。前後の年であれば、間違いなく落ちていた。ラッキーだった。

入社前研修で、すでに県版頭を書いた同期もいたが、こちらはさっぱり。ベタ原稿でも、自分の字が残っているのは、日時と固有名詞ぐらい。加えて問題は写真。山口支局に4月に赴任する際、給料天引きローンでペンタックスを渡されたが、フィルムが装塡できなかった。それでも、どうにか現像、焼き付けは憶えたが、デスクから「ねむい」「かたい」の連発。暗室の壁を蹴っていた。とにかく原稿もだが、写真には泣かされた。

76年から83年まで長崎支局勤務。高島、池島ではまだ採炭していた。落盤事故などもあり、何度か渡った。高島の事故では、A紙がヘリコプターで行っているのに、こちらは連絡船。その上、無線は高島からは届かない。船着場から鉱業所まで少し距離があり、先輩のS記者は「走れ」。すでに出遅れているのだから、気持ちは分かるが、こちらは重い電送機を担いでいる。ドタドタドタと後を追った。

五島には2度だったか。1度は海難事故での顔写真集め。2度目も海難事故だったが、現場写真だったから、磯釣りかなにかか。1人で、やっぱり電送機を持って、フェリーに乗った。大波止から福江まで3、4時間ぐらいかかっていたのではないか。現場はすでに絵になるものは残っていなかった。とりあえず、写真は撮った。宿で、電送機を電話線に接続、送ると届かないという。何回やっても届かない。

　地元紙の福江支局長は友達だったので、恥を忍んで電送機を貸してもらい、送ることができた。電送機の横には、ヘリコで救助される人の写真があるではないか。思わず聞いていた。「使わないカットはないか」。今は大幹部になっている支局長は「岸ちゃん。それはできんやろう」。当然で、聞いた自分が情けなかった。そうまでして送稿した写真は結局、使われなかったと記憶している。

　その後、電送機も小型化、カメラがデジタルとなり、暗室も消え、電送機も見なくなった。今はパソコンでピッと送られくる。

「読売西部同人会報」は読売新聞西部本社のＯＢ会の会報。原則、年1回、発行されている。私も２０１１年４月、スポーツ報知西部本社に出向中に定年となり、退職。加入した。

　読売西部は２０１４年、発刊50周年を迎え、２０１２－１４年に「50年特集」を会員から募集、私も２０１４年には、スポーツ報知西部本社を退職したこともあり、応募した。掲載された原稿は少し削られており、チグハグしていたので、応募した原稿にした。

　新聞も同様なのだが、自分の書いた原稿はそのまま掲載されるわけではない。デスクが目を通して、修正し、さらに新聞そのものに容量があり、削られる。デスクが削るのはまだいいのだが、レイアウト担当の編成（整理）記者やデスクが、どうしても収容しきれないとして削ると、チグハグすることが多かった。それも、印刷前の大刷りでデスクや当番の局（次長）デスクがチェックして、おかしなところは直す。しかし、締め切り時間が迫った時などは、チェックが行き届かず、そのまま紙面に出てしまうこともあった。

印刷されるまで、書いた本人がチェックするほか、デスクをはじめ、何人も目を通す。チグハグならまだいいが、残念ながら間違いは起きる。そして、紙面での訂正。

当然のことながら、読者からお叱りを受ける。さらに、内部的には、上司から怒られ、さらに、顛末書と始末書を書き、編集局長決裁まで受け、訂正文の掲載となっていた。重大なミスは懲戒対象ともなる。重なると、記者不適格の烙印を押されかねない。それでもミスは起きる。

原因は書いた本人の安易なチェック、思い込み、それに取材不足か。私も2、3回、訂正を出した。ミスはそれ以上あったが、デスクらに助けられたと言える。

話がそれた。入社のころのことは、後掲の原稿にも出てくるので、それに譲るとして、今思うと、地元紙の友人が写真を提供してくれなくて本当によかった。もし、「やる」と言われていたら、どうしたのか。もらったのか、どうか。もしいただいて提供先を明記しなくて掲載されていたら、大問題になるところだった。

この40年の情報伝達機器、システムの変化はすさまじい。15世紀のグーテンベルグの活版印刷術の発明に匹敵、いやそれ以上の歴史的変革と思う。

入社時、個人的にカメラを持っていた同期はほとんどいなかった。フィルム装填から始め、フィルム感度を確かめ、天気（明るさ）を見て、シャッタースピードと絞りを決め、やっとシャッターを押す。「いい写真が撮れた」と思っても、それからが大変だった。

初任地の山口支局でのこと。支局に上がって（帰って）、現像、焼き付け。まず現像。暗室の暗闇の中でフィルムを取り出し、現像液に。時間を計って揚げ、定着液に入れる。定着液から揚げると、やっと写っているかが分かる。ミュウバン（だったと思う）液で画像を固め、水洗いして、ドライヤーで乾燥。そしてやっと焼き付け。これがまた難題だった。印画紙はキャビネ版が3種類用意され、フィルムの仕上がりによって、使い分けていた。何秒、どの強さの光を当てるのか考えて焼き付け、現像液に。間もなくして画像が徐々に出てくる。また定着液に入れる。水洗いして、できあがり。1枚で終わらないことが多く、何枚か焼いていた。

現像、定着液は温度管理が必要で、冬は温めていた。焼き付けは、一部分がハッキリしない時には手で影を作ってほかに光を当てず、その部分だけを「追い焼き」したり、現像液でその部分をこすったりしたりしていた。

「ねむい」「かたい」は、そうした過程を経て、デスクに写真を見せた段階での、デスクの評価。「ねむい」は写真がボーっとしている、「かたい」はその逆で、もう1回焼き付けしろということだ。また暗室へ。繰り返して、やっと電送機にセットして、本社に送信していた。

ほかにストロボのこともある。シャッターを押すごとに球の装脱をしなければならならず、フラッシュを買った。

新人のころ、デスクの要求に応えきれず、何度も暗室の壁を蹴っていた。暗室で泣いた新人は少なくない。写真だけでなく、別なことでも。支局で逃げ込めるのは、暗室しかなかった。

次は電送機。入社した時の電送機は、重かった。山口支局では担いで行く機会は、残念ながらか幸いにか、なかった。長崎支局に転任すると、離島が多いうえ、高島、池島ではまだ採炭していた。海難事故も多く、高島、池島、五島、壱岐と電送機を持って渡った。原稿は県警本部や電話取材で、ある程度できる。写真はそうはいかない。支局には、簡易暗室は常備されていなかった。まだ町には写真店が必ずあり、現像、焼き付けをお願いし、さらにお願いして借りた電話に接続した電送機で送っていた。この間、取材し、原稿も送らなければならないので、電送機を持って現場に行くと、とにかくバタバタしていた。

電送機は小型化され、カメラはデジタル化され、フィルムも印画紙も、もちろん現像、定着液もそして、暗室も支局から消えてしまった。

パソコンの出現が送稿体制を一変させた。

今は、現場から、デジタルカメラ、パソコンで瞬時に写真が送られて来る。原稿も。かつての手間と労力をあざ笑うようにも感じられる。苦労して憶えたことは無用なものになった。それどころか、私はデジタル化に完全に乗り遅れ、原稿こそ、パソコンで書いて（打って）いるが、携帯で写真も撮らず、当然、送稿もできず、「ガラパゴス」と揶揄されている。

送稿手段は簡便になり、時間は短縮され、人員も少なくて済むことは、歓迎される。暗室で、現場で泣かないにこしたことはない。

しかし、皮肉にもこの技術革新こそが、新聞、新聞社の首を絞めている。

明治以降、ニュースを集め、広告を集め、それを印刷、戸別配達して、その販売収入と広告収入で、取材経費などを賄って、新聞は発行されてきた。ラジオが出現し、戦後はテレビが普及して、速報性では後れを取ると言われたものの、圧倒的な情報量や長年続き習慣となった戸別配達もあって、揺るがなかった。高度成長とともに、部数も伸びた。核家族化が進み、世帯が増えていったのも幸いした。

しかし、２０００年、全国で約７１９０万部あったものが、２０１３年には５６７０万部（日本新聞協会調べ、夕刊も1部にカウント）に減少している。経費削減などから一部地域で夕刊の休刊、廃止が続き、2014年には消費税が上がり、急減しているのが現状だ。中国新聞（本社・広島市）も2015年4月末で夕刊を休刊するとの社告を出した。全国紙は同市で夕刊を配達しておらず、唯一の夕刊だったのだが。

一方、広告は、電通調べでは、1975年にテレビに抜かれはしたものの、売り上げは右肩上がりを続けた。バブル期の1988年には1兆円を超えた。しかし、崩壊後は減少傾向に転じ、2006年には1兆円を切り、2013年には6170億円にまで落ち込み、ピーク時から半減した。この間、インターネット広告には2009年に抜かれ、その差は広がるばかりだ。技術革新によるネット社会の到来が、テレビには持ちこたえたものの、徐々に新聞を窮地に追い込んでいる。

各新聞社とも傍観していた、あるいはしているわけではなく、現在も生き残りを賭けて試行錯誤を続けている。管理部門の人員削減、編成（整理）部門の集約、ライバル社との印刷乗り入れなどでの経費削減、さらに不動産部門の強化などによる新聞販売、広告以外の収入確保などなど。

そしてネット社会でどう生き抜くか。

有料のネット版を立ち上げたりしているが、それで収益を上げるまでにはいたっていないのが現状のようだ。

新聞社の多くが、ネットには無料でニュースをアップしてきた経緯があり、ネットユーザーは、ニュースは無料《ただ》との認識が染みついている。これを今更、有料とはなかなか理解はしてもらえないし、理解はしてもらえても料金を払ってまで、とはいかない。また、無料にして、その広告費で賄うとしても、新聞で上げている収益にはとうてい及ばない。ネットでのビジネスモデルを作れない状況が続いている。

ネットには真偽は別として、情報が溢れている。いつでも、どこでも、取り出せる。一番すごいと思うのは、そして既存のマスコミが恐れる（と思う）のは、一人ひとりが情報を、地域に、全国に、いや世界に発信できることだろう。

ニュース、情報の面から考えると、新聞は情報を収集し、その真偽を確かめ、取捨選択し、その上で優先順位をつけ（価値判断し）、紙に印刷することで一覧性を持たせた。ネットに足りずに、新聞にあるとすれば、情報の真偽と価値判断、一覧性か。

しかし、真偽も価値判断も新聞にしてもらわなくて結構、自分でやります、という人も少なくない。こうなると、その新聞でしか入手できないニュース、情報の提供となるが、それが、そんなにコンスタントに入手できるのか、ビジネスモデルが作れるのか、なかなかむずかしい。

ネットのニュースの多くは新聞社、通信社が提供している。多くの記者が取材し、裏を取り（真偽を確かめ）、原稿、あるいは写真、動画として流している。ただではなく、経費がかかっている。その経費は今のところ、新聞の収益が充てられている。新聞が衰退すると、その経費はだれが負担するのだろうか。

［えむこあへの手紙――一語一会］「えむこあ」第9号、2012年7月20日

働く喜び

田舎の高校から、やっとの思いで、大学に入った。堕落するのは早かった。教養から最低ラインで専門課程に進んだが、2、3年の時にはほとんど講義には出ていない。就職のことを考えたのは、4年になってから。文学科ということもあってか、学科は全く就職の世話もしなければ、話も出なかっ

た。あのころ、大学も大学らしかった。

時代も第1次オイルショックの前で、高度成長の真っ盛り。文学科でも求人はあった。新聞記者はいいなと思っていた。新聞社も広告に積み残しが出るという好況。増ページが続き、ちょうど大量採用の年だったのは、ラッキーだった。翌年では落ちていた。

内定してからが大変だった。真面目な女子学生は卒論だけというのに、単位が足りない。集中講義をかけもちし、教養に必須のドイツ語を再履修に行き、頭が変になりそうだった。ギリギリの単位と、お情けで卒論をパスし、晴れて入社。10日後、地方支局に配属された。

世間は甘くない。原稿も写真もダメ。先輩が電話で送ってくる原稿を聞き書きするが「遅い」「字を知らん」と怒られる。写真を現像、焼き付ければ「ネムイ」「カタイ」。お知らせや簡単な発表ものを原稿にするが、デスクがチェックした後、見ると、残っているのは日付と固有名詞だけ。5日に1回の泊まり勤務が入り、拘束12時間ぐらいだった。それでも自分が書いた原稿がベタ（1段）でも掲載されているとうれしいものだった。

数年して、原稿もスムーズにデスクを通り、特ダネらしきものも書きだした。一端《いっぱし》の記者になった気分だった。今思うと、このころが一番危なかった。9年目で、福岡県警担当になった。今もあまり変わらないと思うが、県警担当は多い社で、7、8人いた。記者クラブ所属記者は70人を超えていただろう。警視庁、大阪府警に次ぐ、激戦区と言われていた。

朝9時ごろ、クラブに出勤、帰宅は午前様の毎日。連日の夜討ち。休みの日も夕方から夜討ちにだけは出る。大事件や大きい内偵ものでも入れば、早朝から朝駆け。

捜査員の皆が皆会ってくれる訳でもない。ひどい時には、午前2時過ぎまで5時間以上待っても帰って来ない。しかし、ひたすら待つ。無駄と言えば無駄。それでも抜かれる時は抜かれる。自分の社だけ載っていない特落ちも1度ならず、2度経験。デスクは「死ね」と言っていた。今ならパワハラだ。

それだけに、抜いた喜びは大き

い。情報を収集し、勉強して、狙いを定めて夜討ちを重ねる。間違いないと判断して出稿。午前2時過ぎ、送られてくる大刷りを見る。1面トップ、横見出しで原稿が掲載されている。「だいじょうぶだ」と改めて、自分に言い聞かせる。

　遅くとも昼までのテレビニュースが、そして他社の夕刊が追いかけてくる。うれしさをかみ殺して、続報取材に当たるが、この快感は例えようがない。

　5年弱続けた。幼児だった二女は小学生になっていた。彼女が一番かわいい時はよく憶えていない。

「えむこあ」はＭＢＣ開発（本社・鹿児島市）の社内報で、第9号は２０１２年の夏号。陶山賢治社長から「働く喜び」のテーマで原稿を依頼された。

　陶山社長は読売新聞西部本社の同期。入社直後から優秀だった。前掲の「重かった電送機」で、入社前研修中に、県版トップを書いた記者とは彼のことだ。入社後、社会部に半年いて、鹿児島支局。私がヒーヒー言わされている時、五つ子誕生など、原稿を書きまくっていた。そして、再び社会部に戻ると、「在韓日本人妻里帰り」キャンペーンの中心記者として活躍。同キャンペーンは、西部本社として初めて新聞協会賞（編集部門、１９８６年度）を受賞した。同期のトップを走っていた。

　ところが、社会部（福岡総本部）デスクとして勤務していた１９９６年、突然、退社。4か月後、南日本放送（ＭＢＣ、本社・鹿児島市）に入社。部長から報道局長まで、ニュース番組のキャスターを務めた。この間、プロデューサーとして、ドキュメント「人間として――ハンセン病訴訟原告たちの闘い」をつくり、２００１年の日本民間放送連盟賞のテレビ報道部門最優秀賞を受賞している。専務取締役を経て、現在、ＭＢＣ開発の社長。できる男は違う。

　彼が退社した時は、入社後初めて職場が一緒となった時だった。私は、2度目の福岡勤務も福岡県警担当で、キャップをしていた。彼は遊軍育ち、こちらは主に警察担当。同期といえども、部署が違い、勤務地も異なると交流もあまりないのが新聞社で、ほとんど一緒に仕事はしていない。というよりも、警察担当はたいてい社にはいない。夜討ちを終え、夜中に社で警察担当記者だけで情報交換、あるいは原稿を書くぐらいだった。

福岡県警は2度、通算6年半担当した。新人時代の山口県警、その後の長崎県警を含めると県警担当は、13－14年になる。その代わり、今でも残念だが、遊軍記者はない。記者としても、社会人としても私を育ててくれたのは、社や先輩、他社の記者はもちろんだが、担当した県警、警察官だ。とにかく社にいるより、県警や警察署にいる時間の方が圧倒的に長いのだから。

不祥事取材で、自分のことを棚に上げ「俺の茶碗を落とすのか」と脅してきた刑事や、飲みに行くと、どの店でも払いが少ない署長ら、食えない警察官もいるにはいた。しかし、概して真面目で、やさしい人が多かった。

地方支局の警察担当は、警察だけでなく、話題ものや高校野球、先輩の手伝い、さらには雑用といろいろやらなければならなかった。しかし、福岡県警担当は警察だけ。海上保安部の海難も含め、事件、事故、災害取材に特化される。突き詰めれば、特ダネを日常的に期待されているポジションだった。特に西部本社は東京と違い、政治、経済の中心ではないだけに、特ダネ競争は警察が主戦場となる。社も割ける人員を割いていた。

基本もはじめも、床屋の看板ではないが、とにかく回る。朝、出勤すれば、担当部署を回る、夕刊締め切り前、警察官の退庁前の夕方、最低3度は顔を出す。それから、警察官の自宅に押しかける夜討ち（夜回り）。取材の中心は夜討ちだ。昼間回るのは、自宅でも会ってくれるように、顔を、いや人間を知ってもらうために回っているようなものだ。それで特ダネが取れるのか。そう簡単ではない。夜討ちをしなければ、特落ち。していても特落ちすることもある。しなければ、いつも特落ちだ。

コラムでは「働く喜び」がテーマだっただけに、特ダネの話を書いたが、他社も同じ活動を繰り返しており、抜かれる方が多い。まず、特落ちをしないため、抜かれないため、そして、やっと抜くためとなる。抜いた喜びよりも抜かれた口惜しさの方が取材の原動力になっていた。

特落ちはいけない。捜査二課担当の時、夜回りを終え、帰宅。翌朝、起きて朝日、毎日、西日本各紙を見ると、汚職で首長きょうにも逮捕が掲載されている。西日本新聞は1面トップだったと思う。「エーッ。俺は書いてないぞ」。念のため、読売も見るが、書いてないのだから、載っているわけがない。NHKまでも7時、いや6時だったか、流し出した。朝飯どころではない。慌ててバイクに飛び乗り、捜査二課長宅に駆け付けた。途中、樋井川に落ちるのではないか、と思うぐらい慌てていた。

自宅を出た後、自宅には社から何本も電話があったそうだ。県警記者クラブに行き、キャップからどやされ、次々にどうなっているのか、と電話が入る。あのころ、ポケベルはあったが、携帯電話はなかった。なくてよかった。福岡県警は各社間仕切りしてあり、ボックスと呼んでいたが、ボックスを出て、他社の記者と顔を会わせるのが、恥ずかしかった。

福岡県警を5年近くも担当すれば次は遊軍などに転じていたが、定期異動でもないのに、支局に転任するのに、そう時間はかからなかった。もう30年近く前のことだが、忘れられない。

2つの支局を経て、6年後、再び福岡県警。今度はキャップ。記者の夜討ちを待つ時間が増え、私自身の夜討ちこそ減ったが、帰りは毎日午前様。翌朝の目覚ましはいらない。午前7時過ぎ、ほぼ毎日、泊まり明けの警察担当記者が、読売に掲載されていない他社掲載の記事を電話で報告してくる。

「追いかけますか。どうしますか」と。もともと鈍感なのか、胃が強靭なのか、それまで胃が痛むことはなかったが、このキャップ時代だけは痛くなった。

2年の「奉公」が明け、いよいよデスク専任か、と思っていたら、福岡県政担当に。1面トップも抜いた。しかし、また、特落ち。そして支局へ。今度は支局長だったが。

特ダネ競争はマスターベーションに例えられ、批判もされる。しかし、記者が特ダネ競争をしなくなったら、権力、そこまで言わなくても当局が隠蔽、いや発表したくないニュースはまず出てこないだろう。そして、話題になるおもしろいニュースも。特ダネは新聞の命だ、と思う。

オフレコ

［ぺんライト］1996年1月10日

「いま話したことはオフレコですよ」

それはないよ。何のために何時間も待ったのか――と言いたいところをグッとこらえて、解除の説得を始める。

紙面に出すことの社会的意義から、情けないことに自分の社内的立場まで漏らしたこともあった。駄目なものは駄目。また取材源に日参することになる。昨年四月まで、警察担当の際のいわゆる夜討ち、朝駆けの時によく繰り返したことだ。

しかし、自分の取材源が「オフレコ」と言っても他がそうでない場合もある。チーム取材では、オンレコで入手してくる同僚もいる。オフレコで聞いていると、同僚の苦労をつぶすことになる。「書かないのなら」と前もって口にする警察官には「ならいい」と言ってきた。特ダネは欲しいが、信頼関係も大事だからだった。

選挙取材などで、政治家は「オフレコ」が多いと感じている。つい、言をもって立つのではないのかと思ったりする。記者も安易に受け入れていないか自戒しているが…。

取材は、原稿を書き、紙面に掲載するためにする。日頃から取材を受けている人は当然、それを理解している。発言がどのような形であれ記事になるのだから、慎重にならざるを得ない。時に口が滑ることもある。すると「オフレコにして」「今のは、オフレコ」。オフレコと相手が言う時は、多くが重要な情報であり、「字（記事）になる」。しかし相手の気持ちは分かる。差しの取材。「抜かれることはないか」と受け入れる。

これが後で、困る。大きな事件・事故になればなるほど取材記者は増える。取材先も分散する。夜討ち後、社に上がり、情報交換すると、同じ内容、似たような事柄をほかの記者が聞いてきている。どうするか。記事が出れば「岸本の裏切者。信頼できない」。一つの情報源が潰れる。約束を守らないと言われるのもつらい。

記事にしなければ、せっかくの同僚の取材が無駄になる。その取材先（情報源）は同僚をどう思うか。さらに、このネタ（材料、情報）はそもそもオフレコなのか。他社は知っているのか。字にしないことが多かった、と思う。

政治家にオフレコが多いと書いたのは、ちょうど、福岡県警キャップから福岡県政キャップに持ち場が変わり、選挙取材が増えた時だった。大臣も経験していた自民党幹部は長々と話をする。こちらは、「この話はおもしろい。まだどこにも（記事が）出ていないな。字になるぞ」と聞いている。ところが、最後に「今の話はオフレコ」。それはないよな。俺をバカにしているのか。それとも試しているのか。彼のことは今でも好きになれない。

警察官にはこういう人は少なかった。「オフレコなら話す」と前もって断る人がほとんどだった。そういう時には「オフレコなら（話さなくて）いい」と答えていた。

優秀な人、取材に慣れた人は、どこまでしゃべっていいか、分かっていた。そうでない人は、何もしゃべらない。しかし、この人たちではいいネタ、特ダネは取れない。

そう、一番いいのは、オフレコでなく、しゃべる人。それも私だけに。そういう人は滅多に、いやいない。だから肉体も時間も、回らない頭も使うことになる。そして、ひたすら回る。

組織の中枢から漏れてくることもなくはない。しかし、そこには何らかの意図がある場合が多い。当局から見て、漏れてはいけない情報はむしろ中枢から遠く、場合によっては、全然関係ない部署からが少なくない。

もう一度、警察担当をやれ、と言われてももうできない。あのドキドキ感はなつかしく思い出すのだが。

あとがき

昨夏、本を出そうと思い立ち、著作権の許諾を読売新聞西部本社、スポーツ報知西部本社の後輩にお願いした。後輩は、これまで身近で、原稿がヘタなのを知っているだけに「止めたほうがいいんじゃないですか」。助言する気持ちは痛いほど分かったものの「馬鹿野郎!」と一蹴し、9月下旬から書き始めた。かつてのコラムを書き写すことは、おもしろくなかったが、新たに書くことは楽しかった。台湾旅行で思い切って買った座卓でパソコンを打っている。足がしびれて「アタタタ」と声が漏れるまで、書いていることも少なくなかった。

40年の新聞社生活で、書くことを知らず知らずのうちに刷り込まれていたことを認識した。楽しさは、ギャンブル、ゴルフ、飲酒に勝るとも劣らず、いやそれ以上かな、とも思う。さらに、曖昧模糊としていた自分のルーツというか、出自というかが、祖父の代からの戸籍を取ったりして、少しはっきりしたのも収穫だった。こういう機会がないと、果たして調べていたのかどうか。

本づくりについても学んだ。社が出版する書籍の「まえがき」や「あとがき」は書いたことはあったが、生原稿から4度の校正まで、実に丁寧に作り上げていく。校正刷りを何度も読むのはくたびれる。さらに、読むたびに修正したくなることには、困った。これまで、予定稿は別にして、書いたら半日、あるいは1日して活字で組み上がって来るのに慣れた身にはまどろこっしい。決して新聞が丁寧ではないと言っているわけではない。時間がない分、多くの人手をかけている。私の原稿が荒いこともあったのだろう。

そして、何も知らないこと、よく憶えていないこと、を再認識させられた。スクラップを繰り、福岡市総合図書館に何度か行った。図書館は今や私を含め、高齢者施設と化している。開館前には、すでに高齢者を中心に数十人が待っている。新聞にも週刊誌にもなかなかありつけない。活字が好きな人はまだまだ多い。うれしくなる。望むのは、もっと若い人も多ければ、ということ。

1月下旬には、一応、原稿ができあがった。それまで何度となく、出版自体が「穴があったら入りたい」ことにならないか、さらに退職してまで後輩らに押し売りして迷惑をかけることにならないか、と思った。しかし、これまで後輩や友人に公言（広言かな）してきた手前、もうやめられない。「まえがき」でも触れたが、読んで、「おもしろかった」と思っていただけたらと願っている。

コラム使用の許諾をしていただいた読売新聞西部本社、スポーツ報知西部本社、原稿を読み、徹夜で画を描いてくれたアーティストの迎有里子さん、編集、校正で指導をいただいた海鳥社の杉本雅子さんにお礼を申し上げます。

2015年3月

岸本　隆三

主な参考文献（本文中に明記したものは除く）

読売新聞、西日本新聞、朝日新聞、毎日新聞、日本経済新聞、スポーツ報知、西日本スポーツ、スポーツニッポン、日刊スポーツ、九州（東京）スポーツ（いずれも西部版）の各紙
「引揚港　舞鶴港」（舞鶴市編集、発行）
「姫島村史」（姫島村史編集委員会編集、発行）
「姫島――その歴史と文化（増補改訂）」（高橋与一、大分合同新聞社）
「放浪の俳人　山頭火」（村上護、学陽書房人物文庫）
「山頭火句集」（種田山頭火著、村上護編、小崎侃画、ちくま文庫）
「尾崎放哉句集」（池内紀編、岩波文庫）
「俳句のつくり方が面白いほどわかる本」（金子兜太、中経の文庫）
「知識ゼロからの俳句入門」（金子兜太、幻冬舎）
「俳句武者修行」（小沢正一、朝日文庫）
「追悼の達人」（嵐山光三郎、中公文庫）
「五足の靴と熊本・天草」（濱名志松編著、国書刊行会）
「サイゴンの十字架」（開高健、光文社文庫）
「あしたのジョー12」（高森朝雄、ちばてつや、講談社漫画文庫）
「地球の歩き方D21 ベトナム２０１２－２０１３年版」、「同D10 台湾２０１３－２０１４年版」「同D19 マレーシア ブルネイ２０１４－２０１５年版」（「地球の歩き方」編集室、ダイヤモンド社）
「日本史年表・地図」（児玉幸多編、吉川弘文館）

岸本隆三（きしもと・りゅうぞう）
1951年、大分県姫島村生まれ。熊本大学法文学部卒業。1974年、読売新聞西部本社入社。佐世保、宮崎支局長、社会部長、編集局総務などを経て、スポーツ報知西部本社社長。2014年退職。

コラム＆エッセー
穴《あな》があったら入《はい》りたい
■
2015年４月20日　第１刷発行
■
著者　岸本隆三
発行者　西　俊明
発行所　有限会社海鳥社
〒812-0023　福岡市博多区奈良屋町13番４号
電話092(272)0120　FAX092(272)0121
印刷・製本　大村印刷株式会社
ISBN 978-4-87415-940-8
http://kaichosha-f.co.jp/
［定価は表紙カバーに表示］